KB162239

삶의 적바림이자 고백

　이순耳順에 이르면서 지난날을 소환해 반추하며 자성을 통해 내일의 꿈을 확고히 다지고 싶었다. 내 삶은 가난과 어려움이 점철이었던 때문에 감동적이거나 내세울 바가 별로 없다. 그래도 한 인간으로서 오로지 끈기와 열정을 앞세워 수많은 역경을 딛고 일어선 지금 점점 나태해지고 타성에 젖어 현실에 안주하려는 자신을 채찍질하는 방편으로 책을 펴내겠다는 과욕을 부렸다. 따라서 전체적인 원고의 뼈대와 얼개를 위시해서 전개 등은 내 삶과 궤軌를 같이 할밖에 묘책이 없기에 지난 세월을 되살려 밝히는 게 순서이지 싶다.

　내 삶은 크게 세 단계로 나뉠 수 있다. 우선 초등학교 졸업 직후까지 유소년기이다. 영문도 모른 채 가난했던 조부모 슬하에서 자라며 초등학교를 마치고 곧바로 공장에 취직했던 암울한 시절이었다. 돌이켜 생각할 때 조부모의 따스한 사랑에도 불구하고 어둡고 추우며 칙칙했던 기억이 숱하다. 다음 단계는 청소년기 16세에 대구의 섬유공장으로 옮겨가서 견습공으로 시작해 최고경영자(CEO)까지 이르렀던 시절이었다. 어린 나이에 목구멍에 풀칠하기 위해 호구지책에서 적수공권赤手空拳으로 내 던져진 꼴이었다. 그 때문에 살아남기 위해선 남다른 노력과 열정을 무기로 연구하며 끊임없이 도전하는 게 답答이었다. 진인사대천명盡人事待天命의 자세로 도전하는 모습이 가상해서 하늘이 감복했지 싶다. 세월이 지나면서 단순한 견습공에서 반장, 중간 관리자, 지사장, 최고경영자의 자리에 오르며 남부럽지 않을 정도의 부富를 축적했다. 그러나 얄궂은 운명의 장난이었을까. 두 차례의 부도를 맞고 빈털터리인 알거지로 전락했다. 그러나 어려서부터 꿈꿔온 교육 사업에 대한 미련을 버릴 수 없어 재기를 위해 모두걸기를 한 끝에 천우신조天佑神助이었는지 모진 역경을 극복하고 다시 오뚝이처럼 일어서 지금에 이르렀다. 마지막 단계는 배움에 대한 갈증을 풀기 위해 불혹不惑을 넘겨서 공부를 시작해 중고등학교 과정을 검정고시로 마치고 늦깎이로 대학에 입학(47세)하여 학업을 시작해 이순을 넘겨 박사학위를 취득하는 동시에 꿈에 그리던 늘푸른유치원을 개원(2000년)하여 모범적으로 운영하는 한편 어르신들의 안식처인 금화복지재단을 설립(2010년) 운영하면서 100세 시대를 맞아 글로벌교육재단을 설립(2020년)하여 고령화 사회에 이바지하고자 평생교육에 매진하고 있다.

위와 같은 삶을 영위하면서 보고 느끼고 체험했거나 간접적으로 경험했던 모든 것들은 내 정신적 자산으로 도덕률이자 가치관이며 철학의 밑바탕이 되었으리라. 하지만 현재의 나라는 존재는 내 삶의 범주를 벗어난 세계까지 정확하게 꿰거나 헤아릴 재간이 없기에 무진장한 세상의 이치나 상규常規에 어긋나거나 오류를 범하고도 깨닫지 못할지도 모른다. 그러나 나름대로 보고 느끼며 생각한 바를 '교육'과 '가치' 그리고 '환경 문제' 등의 세 영역을 네 부部로 나눠 담기로 했다.

먼저 1부는 '멈출 수 없는 교육'이라는 이름으로 교육에 대한 일반적인 원칙, 교사교육, 나의 학업, 자연에 대한 교육 등을 다루고 있다. 한편 2부와 3부는 다양한 가치에 대한 원칙과 가치관을 비롯해 철학을 되돌아보고픈 마음에서 탄생한 글로서 2부와 3부의 이름은 각각 '금화동산에 피어난 금잔화'와 '삶의 의미와 해석'이라고 명명했다. 끝으로 4부는 심각한 지구촌 환경 문제에 대해 생각하는 장章으로 '인간이 자연보호 백신'이라고 이름 지었다. 끝으로 책 이름은 내 삶의 단면을 더덜이 없이 담아 펴냈다는 뜻에서 《솔처럼 청청한 금화의 삶》으로 가름하기로 했다.

학문이 높고 깊은 고매한 지성들의 눈에는 우수마발牛溲馬勃 같을 게다. 하지만 나름대로 불굴의 열정으로 역경을 헤치고 일어선 진솔한 내용의 적바림이자 고백이라는 관점에서 받아주셨으면 좋겠다. 어렵고 힘든 삶이었지만 다시 태어나도 똑같은 길을 기꺼이 뚜벅뚜벅 걸을 것이다. 집무실 벽의 액자에 새겨진 "답게 살자"라는 화두는 영원히 지향해야 할 길이다. 부족할지라도 험한 세파를 이겨 낸 흔적에서 무언가를 깨우칠 계기가 될 수 있다면 더할 나위 없는 영광이겠다.

임인壬寅 정초正初
금화 신경용

II. 가치

2부. 금화동산에 피어난 금잔화

3부. 삶의 의미와 해석

III. 환경 문제

4부. 인간이 자연보호 백신

1

교육

1부. 멈출 수 없는 교육

1.1 교육, 그 영원한 숙제

평생 동안 배우고 변화하고 적응해 가야

백세시대라는 말은 단순히 오래 사는living longer 것이 아니고 건강하게 잘 사는living well 것을 의미하기도 한다. 따라서 이전에 비해서 평균 수명이 구십을 넘기며 건강한 삶을 뜻한다. 이런 시대는 젊은 날의 학교 교육만으로는 LTE급 속도로 변화하는 사회에 능동적으로 대응할 수 없다. '요람에서 무덤까지from the cradle to the grave'라는 말처럼 평생 동안 배우고 변화하여 적응해야 하는 평생학습 시대가 열렸다.

평생교육은 인간에 대한 교육이 기존의 틀에서 탈피하여 전 생애에 걸쳐 진행됨으로써 개인의 정서적, 인격적 발달에 현저하게 지속적으로 영향을 주어야 한다. 따라서 평생교육은 지식의 전수뿐 아니라 사회영역에서의 교육 형식을 포함하여 생애 주기에 맞춘 모든 교육을 의미한다.

평생교육에는 여러 단계가 있다. 그 몇 가지 예이다. 첫째로 열악한 가정환경과 여건 때문에 배움의 끈을 놓아버린 소외계층 청소년들에게 검정고시를 통해 제도권으로 재진입하도록 이끄는 교육, 둘째로 현대인들이 실

생활에 필요한 지식을 전문적이고 체계적으로 학습해 각종 자격증을 취득하여 취업하거나 부업의 기회를 가짐으로써 부가가치를 높이는 교육, 셋째로 은퇴 후 좀 더 풍요롭고 품격 있는 삶을 영위하기 위해 인문학을 비롯해 전공과목을 선택하여 최고 학습 단계에까지 도달하는 엘리트 교육 등 학문의 길은 다양하고도 깊다.

군자유삼락君子有三樂 중 세 번째, 교육

교육에 관해서는 맹자를 빼놓고 얘기할 수 없다. 맹자가 말하기를 군자유삼락君子有三樂, 즉 군자에게는 세 가지 즐거움이 있다. 그 첫 번째가 "부모님이 모두 생존해 계시고(父母俱存), 형제들이 무사히 잘 살고 있는 것(兄弟無故)"이다. 두 번째는 "하늘을 우러러 부끄럽지 않고

(仰不愧於天) 다른 사람에게 내놓아도 마음이 떳떳한 것(俯不怍於人)이다. 세 번째는 "세상에서 사람답게 살아갈 가능성이 있는 건전한 인간으로 교육하는 것이다 (得天下英才而教育之)"라고 했다.

맹자는 군자의 즐거움을 논하는 가운데, 그 마지막 단계에서 '교육'을 강조했다. 그런데 맹자가 역설하는 교육이란 타자에 대한 배려와 관심을 비롯해서 더불어 사는 삶에 참여하는 대승적인 사고이다. 그 결정적 매체가 바로 '교육'이라는 사상이다. 세상을 변화시키기 위해서는 반드시 학문을 통한 성찰과 성장의 삶이 필요하다는 성현들의 가르침을 눈여겨볼 필요가 있다.

교육에도 융합이 필요하다

지금 우리 사회는 커다란 변화의 물결을 맞이하고 있다. 아울러 교육이 노동시장에 진입하기 위한 준비과정이라는 단순한 개념을 넘어서고 있다. 다시 말하면 성인이 자율적인 자기계발을 통해 성숙한 사회의 지도자로 거듭나는 고급 과정의 교육도 활발히 진행되고 있다.

현시대의 흐름은 융합이 대세이다. 교육도 마찬가지로 기초적 공교육에다 직장인이나 사회인으로서의 많은 경험적 학문이 융합되고 있다. 이 같은 탄탄한 기반 위에 은퇴 후에 인생 이모작에서의 학문이 융합되면 더 바랄 나위가 없을 것이다.

정보의 홍수 시대를 사는 현재, 순간순간 필요한 지식

은 인터넷을 통해 곧바로 습득할 수 있다. 하지만 실천이 없는 지식은 위험성을 내포하고 있으므로 지식의 습득 과정도 발달 단계별로 차근차근 이루어져야 한다. 그러나 습득한 지식을 꾸준히 실천하고 가꾸어가는 지혜와 경륜이 더없이 중요하다. 따라서 자신이 이루고자 하는 삶의 목표를 명확히 이해하고 지식과 인격이나 경험을 확장하는 것이 평생교육의 궁극적 목표이다.

맹자의 '군자유삼락'을 늘 가슴에 새기면서 특히 세 번째 즐거움인 '천하의 영재를 모아 교육하는' 뜻깊은 내 생애의 한 해가 봄과 함께 출발했다.

1. 2 학문의 열정

달리며 흘린 땀만큼 결실이 맺혔는가? 라고 묻는다면 "숲이 우거지니 새들이 날아든다"라고 선문답 같은 답을 하리라. 올곧게 살아가고 있는지 돌아보며 자성의 시간을 갖는 이즈음이다. 부족한 부분이나 놓친 부분은 없는지 곱씹어 보고 살피며 점검을 되풀이하기도 한다.

밤을 새워 뒤척이기도 한다. 후회하기보다는 최선을 다해 다시 도전하니 마음 한편에 뿌듯한 자부심이 밀려온다. 모든 것은 오직 마음먹기에 달려 있기에 일체유심조一切唯心造를 되새기며 며칠을 보냈다. 오랫동안 학문은 내 영역 밖의 일이었다. 드높고 아득하기만 했던 그 세상은 이번 생에서 나와는 무관한 듯싶었다.

글로벌 교육재단 평생교육원은 지역주민 개개인에게 자기 계발 및 능력향상을 위한 평생교육의 기회를 제공하여 21세기 지역사회 발전에 공헌하는 데 필요한 인재를 양성하는 것에 목적을 두었고, 이를 통해 공공복지 증진에 기여하고자 설립되었다. 사회봉사를 우선시하고 교육과 복지를 통합하여 지역주민의 욕구에 부합하는 프로그램을 운영하고 있다.

최근 구상하고 있는 구·구·삼·삼 대학교, 사·이·다·다, 생명존중 프로그램을 통해 은퇴 후에도 보다 적극적으로 사회적 활동을 하여 삶의 질을 높일 수 있도록 교육복지를 지원하고자 한다.

지금까지 걸어온 길과는 다르지만, 마음속에 담아둔 평생교육이 꿈이기도 했다. 대학의 문 앞에서 보지 말아야 할 많은 일들을 똑똑히 목도하기도 했다. 나는 다시 서 있다. 남을 탓하거나 염려도 내려놓고 끊임없는 열정으로 새길 열어가는 현실에 다시 서 있다.

갑자기 말 보시布施를 하고 싶다. "해보기나 했어"라고 말한 J회장의 유명한 어록을 희망을 잃고 방황하는 이들에게 들려주고 싶다. 어려운 경제와 힘든 상황이 지속하는 신종 코로나바이러스 감염증(코로나19) 시대에 우리는 더욱 진심과 열정 그리고 적극적 태도로 삶을 살아가야 하리라.

"뜻이 있는 곳에 길이 있다"라고 한다. 그렇지만 뜻을 품고 가는 것이 곧 길이 되리라. 이제껏 경험해보지 못한 어두운 미답의 터널을 지나고 있다. 하지만 새로운 꿈과 희망의 세상이 활짝 열릴 것이다. 간절히 바란다면 행동하게 될 것이며 행동에 따라 실행하면 열매는 반드시 맺힐 것이다. 그리고 목표는 반드시 이루어진다. 그러므로 각자의 위치에서 모든 일에 열정을 갖고 최선을 다한다면 우리는 지금의 난국을 반드시 극복해 낼 수 있다. 내 삶의 핵심 가치는 열정과 도전과 꿈이다. 인류사회에 공헌하는 주역이 될 것이라고 믿기 때문이다.

　본격적인 100세 시대에 들어서면서 평생학습의 중요성이 강조되고 있다. 우리나라의 경우 베이비붐 세대(71억 2500만 명)를 포함한 4050세대가 전체 인구의 31.5%(1천 600만 명)를 차지한다. 이제까지 인생의 전반부를 준비하는 데 초점이 맞춰져 있었다면, 지금부터는 인생 후반을 대비하는 평생교육 체제로의 패러다임 전환이 필요하다. 더 나아가 융합 교육복지가 필요하기에 일자리, 교육, 복지, 문화, 건강, 서비스, 안전이 융합되는 100세 시대를 대비하여 우리 글로벌 교육재단은 열심히 노력하고 있다. 그리고 100세를 현명하게 준비하는 60+세대의 재교육과 삶의 재구성을 위해 매진하고 있다.

　고령화는 세계적인 추세이지만 한국의 고령화 추세는 세계적으로 그 기원을 찾기 어려울 정도로 빠르게 진행되고 있다. 또한, 은퇴 가속화는 국가의 성장 잠재력을 약화하고 재정적 부담을 가중하며 미래세대에 대한 부양 부담을 증가시켜 사회경제적 갈등을 야기할 수 있다. 이에 우리 글로벌 교육재단은 본격적인 은퇴에 대비한 평생 생활을 재설계하고, 자립역량을 강화하며, 사회공헌 기회를 확대하기 위한 다양한 평생학습 방안을 모색하여 평생교육 활성화의 기반을 다지기 위한 다양한 프로그램

을 개발하고 있다. 또한, 우수한 인적·물적·지적 자원을
집약하여 교과서를 발간하고 저명인사로 구성된 연구진
과 강사가 최선을 다하고 있다.

"숲이 우거지면 새가 날아든다."

나는 또 더 푸르고 넓은 글로벌의 숲을 만들어 갈 것이다.

1. 3 예비고사 할아버지,
학력고사 아버지, 수능 손주

1960년대 후반은 예비고사 세대이다. 그리고 그 아래
는 학력고사 세대이다. 지금의 손주들은 수능세대이다.

2020년 코로나19의 패악 때문에 아이와 어른을 막론
하고 한 번도 경험해보지 못한 당혹스러운 세월을 보내고
있다. 그중에서도 특히 수능을 준비하는 학생들은 더 갈
팡질팡하고 있다. 이제 수능이 얼마 남지 않았다. 인생이
걸린 시험을 앞둔 아이들이 지난 1년 어떻게 지냈을까.
다가가 몸과 마음을 다독이며 따스한 위로를 건네고 싶
다. 부모도 아이들도 속이 시커멓게 타들어 갔으리라.

이전처럼 입시 설명회를 찾아다니기도 쉽지 않을 테
고, 학원에 가는 것도 자유롭지 못할 테니 오죽이나 속
이 탔을까. 그러나 호랑이에게 잡혀가도 정신만 똑바로
차리면 된다 했다. 예비고사 세대 할아버지나 학력고사
아비가 어떤 도움을 줄 수 있을까마는 '끝까지 최선을 다

해보자'. 열심히 준비하다 보면 그 과정 자체가 얼마나 보람되었는지를 언젠가는 느껴질 터이다. 황당한 코로나 19 현실이 지나면 반드시 좋은 날도 오리니……

수시가 끝나고 수능이 끝났다고 해서 '무장 해제' 하지 않기를 바란다. 내일을 다시 준비하는 청년이 된다면 훗날 삶의 가치를 진정으로 느끼게 될 테니까 말이다. 이제 아이들을 위해 위로하며 닫힌 문을 열기 위한 소통을 시작해 보자. 한편 학력고사 아버지와 예비고사 할아버지가 진정한 위로를 통하여 아이들의 닫힌 마음의 문을 열어 주어야 한다.

1. 4 포스트 코로나19의 긍정과 역동

인식 전환

"구름이 서西에서 일어남을 보면 곧 소나기가 오리라 믿게 마련이고, 남풍이 불어오면 심히 더우리라 믿는" 게 자연의 이치에 순응이다. 과거와 현재를 비롯해 내일도 우리는 하늘의 섭리를 살피며 세상 이치를 깨우쳐 간다. 그런데 지금은 한 번도 경험해보지 못한 전인미답의 시대를 살아가고 있다.

이전에는 조금도 상상치도 못했다. 사라지는 기억을 추억하며 내일을 예측하면서 살아가는 게 인생일 터인데

한 번도 경험해보지 못한 미답의 길을 가고 있다. 생각 못 한 길이다. 어느 누구도 경험이 전혀 없다. 그래도 가야 할 길이다. 얼마나 불편한지? 얼마나 어려울지? 얼마나 떨어야 할지?

불편함과 어려움을 우리는 어느덧 숙명처럼 받아들이며 적응해 가고 있다. 이겨내고자 고군분투하고 있다. 글을 쓰고 말을 해도 답이 없다. 현실에 부딪힌 시대적 난관에 쉽게 답을 찾을 수가 없다. 하지만 한편으로는 오늘이 고맙기도 하다.

고맙게 다가오는 포스트 코로나19를 말하고 싶다. 코로나19 이면에 새 얼굴이 있다. 슬며시 따라와 자리하는 포스트 코로나19의 긍정적인 면의 몇 가지 요약이다.

첫째로 파괴된 오존층이 살아나고 복원되고 있다. 둘째 교육 과잉 열풍이 사라지고 있다. 셋째로 과잉 소비가 사라지고 있다. 넷째로 욕심과 탐욕이 사라지고 있다. 다섯째로 편의적 삶에서 벗어나고 있다. 언제나 인류는 바이러스에 졌었다.

인간이 바이러스를 이겨본 적은 딱 한 번뿐이다. 천연두 바이러스에 딱 한 번 이겼을 뿐이다. 이후 인류가 바이러스를 이겨 낸 적은 없었다. 인류는 새롭게 자연 앞에 겸허해지고 있다. 우리는 비대면un·tact 시대를 살면서 인간관계의 겸손을 배운다. 주변을 한번 돌아볼 때다. 내면적 문제에 도외시하지 말아야 한다.

우울이 심해지고 내면의 갈등이 깊어져 코로나 블루corona blue 증상을 여기저기서 호소하고 있다. 우리는 지금 함께 사랑할 때를 만났다. 나와 너를 서로 사랑해 주고 바라봐 주기가 지금이 가장 좋은 때라는 걸 잊지 말자. 흐르는 감정을 잡아 보자. 그리고 인식도 선택이니 긍정과 역동을 사용할 때라는 것을 잊지 말자.

1.5 새로운 패러다임,
부담 아닌 책임감

늘 푸른 유치원

섬유공장에서 일했던 젊은 시절부터 유치원을 운영하던 시절까지 오랜 기간 여성들과 함께 일 해왔다. 그런 까닭에 여성의 심리를 누구보다 잘 알고 있었다. 그래서 우리 유치원 교사들에게 건강한 교실 교육 효과를 위해 홀로서기를 강조했다. 그 결과 경영적 관리 면에서 결과는 좋았다. 경영적 관리로 짧은 시간에 자리를 잡았다. 하지만 교사 내면의 교육에는 괄목할만한 성과를 거두지 못했다.

교사 교육, 테크닉이 아니더라

사업에서는 오너의 능력만으로도 생산력을 향상할 수 있는 테크닉을 발휘할 수 있다. 하지만 교사 교육은 경영만으로 모든 게 해결되지 않았다. 교사가 교육하고자 하는 내용을 자신이 먼저 올바로 인지해야 했다. 결국, 학습자에게 가르치려면 먼저 교사 자신이 인지할 시간이 필요했다.

교사들이 이러한 확고한 교육관을 가지고 교육 철학을 정립할 때까지는 기다림이 필요하다는 것을 깨달았다. 그 이후로 항상 교사들을 주시하면서 성공적인 테크닉을 발휘할 수 있도록 조언하며 기다렸다. 또한, 작은 일 하나라도 올바른 방향으로 추진해 나가기 위해서는 큰일을 생각하며 기다려야 했다.

실망감 회복은 기다림과 인내

언젠가 교실을 둘러보고 놀라움을 감출 수가 없었다. 푸른 교실 가꾸기 일환으로 교실마다 화분에 고추, 치커리, 상추, 오이 등등을 심어 놓았었다. 그런데 어느 날 교실을 둘러보는데 물을 제대로 주지 않아 흙이 단단하게 굳고 울퉁불퉁하게 되었다.

흙이 부드러워야 실뿌리가 뻗어 내려 착근着根이 되는데, 얼마 동안이나 그대로 방치했는지 엉망으로 목불인견이었다. 그야말로 황폐했다. 조그마한 화분 하나 제대로 가꾸지 못하는 선생님 때문이 아니라 살아있는 식물에 대해 무관심과 무신경에 실망감을 금할 수 없었다.

아이들에게 식물이 어떻게 자라는지 직접 보여주기 위해 화분을 가꾸는 게 아니었던가. 이렇게 방치해 두면 아이들에게 무엇을 배우게 할지? 흙이 좋아야 식물이 잘 자란다는 사실을 선생님들은 미처 깨닫지 못하는 걸까? 그게 아니라면 아이들이 잘 모르니까 운 좋게 살아남은 식물만 대충 가르쳐 주려는 생각이었을까?

자발적 창의적 교사 업무

"한 아이를 키우려면 온 마음이 필요하고 온 동네가 필요하다"라는 아프리카 속담처럼 한 아이를 위해서 교사는 온 정성을 다해야 한다. 이런 나의 교육 철학이나 가치관이 올곧게 전달될 수 있도록 교사회의 때마다 누누이 되풀이해 강조했다.

드디어 통하기 시작했다. 세심하고 섬세한 손길로 최선을 다해 아이들을 돌보기를 바라는 나의 마음은 교사들에게 전달되기 시작했다. 그리고 교사들로부터 큰 변화가 일어나기 시작했다. 매월 자기 교실에서 일어난 일들을 비롯하여 자신의 교육관이나 교육철학을 적어 홈페이지에 올려 서로가 공유하면서 역량을 향상해 나가기 시작했다. 이러한 자발적이며 창의적 교사 참여를 통해 교육 정보를 공유하며 배우기도 하고 더 나은 교수법을 접하면서 발전해 나갈 수 있도록 했다.

유치원이 새로운 것을 받아들여 변화시키고자 할 때 업무의 비효율성을 벗어나 자신의 소임을 스스로 책임진다는 것은 부담이 아니라 의무고 책임감이다. 어떤 개념과 사물을 보는 시각을 조금만 달리해도 우리 인생을 신선하게 할 것이다.

성숙을 위한 자기관리

성숙하기 위해서는 변화가 필요하고 새로운 패러다임이 필요하다. 이는 자신에 대한 의무이고 책임감인 동시에 다른 사람을 위한 의무이고 책임감이다. 우리는 공동체 삶의 교육자이자 인생을 살아가는 평생 교육자인 까닭에 이를 병행해야 할 것이다.

22년 전을 되돌아보면서 2000년도 유치원을 설립하고 운영할 때를 되짚어본다. 빛바랜 이런저런 기록들을 들춰보면서 아침에 금화복지재단 동산에 올라 적바림한다.

1. 6 교사 관리 능력 배양

이론을 넘어서는 현장 체험 교육의 힘

유치원 설립 20여 년이 지난 그 시절을 되돌아봄은 교육학적 이론보다 현장에서 경험을 통해 느낀 관리자적 리더의 중요성을 교사 교육에 연계시키고자 함이었다. 교사의 관리 능력 배양하기 위해서였고 그 결과 탁월한 효과를 거두었다.

섬유공장에서 책임자로 일할 때 생산성본부에서 일하신 오너와 같이 근무할 때 일이다. 1978년 그 시절은 베틀직조기을 세우지 않고 2교대로 24시간 내 풀가동했다. 교대 시간에 자기 반끼리 주의 사항을 전달하고 받는 게 전부였던 분위기였다. 왜냐하면, 생산 실적 지상주의였기 때문이다. 그러나 그분은 달랐다.

획기적인 2시간 교육

기계를 멈추고 전 직원들을 모아놓고 2시간 이상 교육을 실시했다. 작업을 마치고 퇴근하는 조組는 퇴근도 못하고 교육을 받아야 했다. 한편 교대 근무자는 작업을 하지 않고 교육만 받아도 되기 때문에 좋아했다.

2시간을 베틀을 세우면, 1시간에 한 대당 약 6야드 정도 생산하기 때문에 베틀 60대가 2시간이면 약 720야드의 생산을 손해 본다는 계산이 된다. 하지만 그분은 생각이 달랐다. 올바른 교육을 통해 불량률을 낮추고 생산성을 향상하려고 했다.

처음엔 별다른 성과가 없는 듯이 보였다. 하지만 시간이 지나면서 불량이 줄어들면서 생산량이 껑충 뛰는 결과를 가져왔다. 이 일은 나의 삶에 지금까지도 많은 영향을 주고 있다. 내가 유치원을 운영하면서 가장 역점을 두고자 하는 것이 교사들의 리더십 교육이다. 나는 교사들에게 관리자 교육을 통해 스스로를 새롭게 변모시킬 기회를 제공하고자 했다.

리더의 재능을 지녔다고 할지라도 성공하려면 항상 준비하고 끊임없는 훈련이 필요하다. 이것은 그들 각자의 몫이었다.

"영유아 교육은 쉽지 않다."

"교사는 아이들의 신호등이다."

유치원 교사는 결코 생각만큼 쉬운 직업이 아니다. 노래 가사처럼 하늘 같은 스승의 은혜를 유아들에게 베풀 수 있도록 하는 것은 쉽지 않다. 유아들을 사랑하고 그들의 사랑받는 훌륭한 선생님으로의 변신을 위해서는 그에 합당한 대가를 치르지 않으면 안 된다. 훌륭한 스승은 끊임없는 연마와 남몰래 흘린 땀과 눈물이 이루어낸 결정체임을 깨달아야 한다.

어린이들과의 생활을 스스로 선택했음을 자각하고 앞으로도 어려움이 뒤따른다는 사실을 깨달아야 한다. 또한, 어떤 난관에 직면하더라도 포기하지 않고 자기 변신을 꾀하며 능력을 계발시키겠다는 신념이 확고하면 힘든 교사 생활에서도 불굴의 도전 정신으로 항상 의욕이 넘쳐나리라.

1.7 생각하는 대로

우리가 크게 경계해야 할 점은 타성에 젖어 드는 삶이
다. 사노라면 누구나 자신도 모르는 사이에 타성에 길들
어 간다. 확고한 줏대가 없으면 장삼이사張三李四의 삶으로
전락하고 만다. 소가 달구지를 끌 듯 생각이 우리의 삶을
이끌어 간다. 삶의 수준을 결정하는 자질과 능력을 신장
시켜야 한다. 생각의 수준이 삶의 수준이라는 맥락에서
하는 얘기이다.

오랜 세월 익숙한 습관적인 생활이 타성에 젖어 안주
하게 마련인 게 인간의 숨겨진 본성이 아닐까? 생각으로
그려놓지 않으면 현실의 성취는 없다. 우연한 성공은 없
기에 생각의 능력이 필요하다. 그저 그런 빤한 생각 말고
지혜로운 생각이 필요하다. 저절로 주어지는 우연한 성공은
없다. 현실의 성공은 생각으로 그려놓았던 성공이기에

'......생각하는 대로 된다.'
'......생각하는 대로 나타나고,'
'......상상하는 대로 이뤄진다.'

생각이 계획을 끌어오고 계획이 행동으로 춤을 추면
성공이라는 성취로 이어진다. 나는 해 봤고, 체험했다. 그
래서 살만한 삶이다.

"생각 ⇨ 계획 ⇨ 행동 ⇨ 성취"

1. 8 불치하문

허기진 배움을 채우기 위해 공부를 하고 싶어 길을 찾아 헤맸던 33년의 세월이었다. 나는 지금도 순간의 열정만으로 인생을 가름할 수 없다고 생각한다.

목적과 가치에 대한 꿈과 열정을 가지고 새로운 변화를 끊임없이 시도하는 진취적 마인드와 도덕적 가치를 소중히 여기는 일은 공부를 하는 것이다. 그러므로 내가 인생의 희로애락 가운데 가장 귀하게 여기는 일은 공부이다.

불혹不惑과 지천명知天命을 지나 이순耳順이 되도록 시간 대부분을 학업에 투자했다. 그렇다고 하는 일을 등한시하진 않았다. 국민학교를 졸업하고 중학교 교실 대신 사회에서 보낸 시간이 33년이다. 그 이후 교정을 찾아 대학 대학원 박사과정까지 16년을 책 보따리를 메고 다녔다.

공장 직원을 거쳐 섬유업체를 운영하면서 생계가 넉넉해져 회사와 가정을 꾸려나가는 데 특별히 부족함이 없었다. 사업 노하우를 가지게 되었고 하는 사업도 잘되고 있어 현실에 안주하고 싶기도 했다. 남들이 부러워하는 사업 성공에도 삶의 의미는 채워지지 않았다. 물질로 충족되지 않았다. 포기할 수 없는 꿈이 손짓하며 이끌어 일어섰다. 배움에 대한 기갈飢渴은 다시 학문의 열정을 일깨우는 윤활유 역할을 했다.

1. 9 나의 공부 23년

수필가가 되고 박사모를 쓰기까지 23년

수필이 쓰고 싶어 1년, 계명대학 사회복지학과 4년, 유치원을 운영하면서 수성대학에서 유아교육을 전공했다. 또한, 종교를 체계적으로 알고 싶어 비교종교학을 연구하며 불교대학에서 2년, 다시 복지의 진정한 포퓰리즘 실현을 위해 계명대학에서 석사 2년, 경북대학교 농산물 디지털 1년, 한의대 평생교육 융합학과에서 2년의 박사과정 수료, 커넬대학교에서 교육학 박사학위 과정 2년을 마쳤다. 그렇게 원도 한도 없이 실컷 공부하고 이순耳順에 박사학위를 취득했다. 그 후에 또다시 목회학을 공부하고 있다.

한 세월이 가고 있다.

국민학교 6년을 더하여 23년을 책 보따리를 끼고 있다. 주변에서 한사코 만류하는 경우가 꽤나 많았었다. 배움에는 제한이 없다. 그러므로 배움에 나이는 숫자에 불과하다. 예로부터 불치하문不恥下問이라고 일렀다. 예순이 넘은 나이에도 배움의 끈을 놓지 않고 있고 다양한 새로운 학문을 접하고 있다. 선교의 식견을 넓혀 인생 2막의 새로운 삶의 의미를 실현하고자 비전을 품고 시작한 일이다.

교육은 잠재력의 마중물

교육은 잠재력의 마중물이다. 헬렌 켈러Helen Adams Keller (1880~1968)를 모르는 사람은 없다. 두 돌을 맞기도 전에 성홍열과 뇌막염으로 평생을 시각과 청각 장애인으로 살아갔던 그녀는 교육이라는 힘 "답게"의 증인이다.

헬렌 켈러는 시각 장애인 학교의 앤 설리번Anne Sullivan 선생님으로부터 교육을 받았다. 그녀는 마음과 사랑을 다한 교육으로 헬렌에게 다가가 섬세하게 손바닥 위에 알파벳을 하나하나 적어갔다. 그렇게 지도해 세상과 소통하며 "사람답게", "인간답게", "여인답게" 살 수 있도록 교육을 시작했다.

교육은 인간을 인간답게 살아갈 수 있을 힘을 키워준다. 그리고 진정한 자유를 준다. 교육은 잠재된 가치를 위시하여 내일의 희망과 꿈을 발견하여 비전을 실현하게 한다. 그래서 교육은 중요하다. 나는 마흔에 교육에 뛰어들었고 이순에 교육을 향해 다시 도전하며 뛰어들고 있다.

이런 나를 염려하는 이들에게 말해주고 싶다. 교육은 물이 꽐꽐 나올 수 있게 하는 자기실현의 마중물이 된다는 사실을 말이다. 그리고 사람을 사람답게 살 수 있게 한다. 그뿐 아니라 자유롭게 삶을 만끽하며 살 수 있게 해준다는 사실을 일깨워 주고프다.

1. 10 멈출 수 없는 교육

포스트 코로나19는 새로운 교육 문화

'포스트 코로나19$_{\text{post-corona19}}$', '하나만 바꾸면 모든 것이 바뀐다.' 코로나19 팬데믹이 불러온 나비효과$_{\text{butterfly effect}}$는 새로운 교육 문화의 서막이 열림을 알린다. 세계보건기구(WHO) 사무총장은 코로나19에 대해 세계적 대유행, 즉 팬데믹$_{\text{pandemic}}$을 선언했다.

"세상의 큰일은 반드시 작은 것에서 만들어진다(天下大事, 必作于細)"라는 노자$_{\text{老子}}$의 말처럼 지금 코로나19가 가져온 팬데믹 현상이 그러하다. 코로나19 팬데믹 나비효과는 인류 문화에 대변화를 부채질하고 있다.

브라질에서 나비가 날갯짓하면 텍사스에 토네이도가 불 수 있듯이 작은 불씨가 전 세계를 집어삼키는 초대형 화마로 돌변하는 데는 많은 시간이 걸리지 않는다. 지금 우한[武漢]의 폐렴도 그렇다. 전 지구를 팬데믹 현상으로 잠식시키는 것처럼 말이다.

현재 지구촌은 정치나 경제를 위시해서 문화와 사회 그리고 교육 등 전반에 걸쳐 이전에는 한 번도 경험하지 못했던 위기에 직면해 있다. 이 같은 패러다임$_{\text{paradigm}}$의 변화가 안겨준 과제이다. 긴박하고 심각한 상황에서 벗어난다 하더라도 남아 있는 외상의 흔적인 PTSD$_{\text{post-traumatic stress disorder}}$ 상황은 이어지기 때문이다. 우리는 이 과제를 풀어야 한다. 이즈음에 우리는 남겨진 과제에 집중해야 한다.

코로나19의 팬데믹은 모든 것을 멈추게 했다. 그에 따라 엄습하는 두려움은 군중의 정서 속으로 급물살을 타면서 일상의 흐름을 마구 뒤바꿔놓고 있다. 세계를 일거에 휩쓴 코로나19에 우리는 또 하나의 변화를 모색할 수 있어야 한다.

새로운 변화의 모색으로 다시 모든 것을 바꿀 수 있어야 하기 때문이다. 선험적 명제는 분명하다. 불안과 불확실성의 증가로 인한 '포스트 코로나19'가 있었으며, 그것은 대처 불가능한 사건이라는 것 말이다. 정체불명의 위협이 다가올 수 있다는 사실이다. 이제 우리는 후험적 명제로 종합적 지식을 통해 우연히 '참'인 명제의 답을 찾아내야 한다. 회의懷疑하는 흄Hulme, Thomas Ernest과 비판하는 칸트Kant, Immanuel의 융합적 만남처럼 팬데믹 현상 앞에서 포스트 코로나 19를 마주해야 한다.

코로나 19가 교육에 미친 영향을 심각히 숙고하여 미래적 안목으로 조망해야 한다. 백년대계 교육에 미칠 포스트 코로나19 팬데믹을 맞이해야 한다.

칸트는 "인간은 교육을 통하지 않고는 인간이 될 수 없는 유일한 존재다"라 했다. 예부터 교육은 백년지대百年之大計라고 일렀다. 백년대계를 위해서 시대와 상황에 맞는 새로운 패러다임이 준비되어야 한다.

"세계 165개국에서 15억 명이 넘는 학생들이 휴교령으로 대면face to face 오프라인의 현상학적 장에서의 정상적인 교육은 더 이상 이어가지 못한다"는 유엔의 교육과학문화기구(UNESCO)의 보고이다. 이는 어린이집부터 유치원과 초중고를 비롯해 대학과 대학원을 포함한 전 세계

교육기관에 등록된 학생 중 약 90%에 달하는 학생이다.

지금은 대학에서만 실행되고 있는 미네르바 스쿨 Minerva school과 같은 형태의 학교 모형이 포스트 코로나19 교육 문화로 정착될 수도 있다. 미네르바 스쿨이 대학뿐 아니라 어린이집이나 유치원과 초중고생들에도 재현될 것이다. 한편 앞으로 교육 현장은 포스트 코로나19에 대한 대안으로 어린이집부터 대학교나 대학원까지 강의 플랫폼 포럼을 갖춰야 한다.

문명이 발달했다고 큰소리를 쳐도 하찮은 바이러스에 속절없이 무너지고 있음을 똑똑하게 목도하고 있다. 더 발전하는 인류 문명이 우리를 기다린다 해도 우리는 언제 또 나타날지 모르는 정체불명의 복병 같은 괴질怪疾에 노출되고 위협받을지 알 수 없다. 그러기에 우리는 코로나19 팬데믹을 통해서 예측 불가능한 위기를 기회로 변환시키는 과정을 준비해야 한다.

'마스크 쓴 사람, 마스크 벗은 사람', '집 안에 있는 사람, 집 밖에 있는 사람'을 구분하는 것이 아니라, 온라인과 오프라인 수업이 결정되는 이분법적 접근이 아니라, 교육 목표의 효과적 달성을 위해 온라인과 오프라인의 장점을 결합하고 보편화한 융합된 창의적 메커니즘이 마련되어야 한다. 우리는 언제 다시 닥칠지 모를 또 다른 팬데믹을 이겨내기 위해서 포스트 코로나19에 대비하여 새로운 교육을 준비하는 전화위복의 전기가 되었으면 한다.

1. 11 위기가 기회다

갈등과 전화위복

신호를 다르게 보면 다툼이 벌어진다. 황색 신호에 멈춰야 할까 아니면 달려야 할까? 액셀과 브레이크 중에 어느 것을 밟느냐 그것이 문제다. 도로교통법의 내용이다. "황색 신호는 정지선이 있거나 횡단보도일 경우에는 그 직전에 정지해야 한다. 반면 이미 교차로에 진입하고 있는 경우에는 신속히 교차로 밖으로 진행해야 한다"라고 규정하고 있다.

개와 고양이는 늘 싸울 수밖에 없다. 개는 반가우면 꼬리를 세운다. 하지만 고양이는 강아지의 세운 꼬리를 보면 긴장감으로 받아들인다. 그래서 둘은 서로 다툴 수밖에 없다. 개와 고양이의 신호등은 다르다.

상호관계에서 갈등은 대부분 상대방의 신호를 잘못 받아들일 때 생긴다. 법에서도 똑같다. '해석, 관점, 이해'라는 신호가 다르다. 신호가 다르니 의미도 다르다. 자신에 대해서는 피해자라 하고 타인에 대해서는 가해자라 칭한다. 서로가 그러하다. 그래서 인간의 상호관계에는 이해가 있고 오해가 있다.

갈등은 전화위복의 계기가 된다. 이 갈등에는 긍정적인 측면이 있다. 그러므로 그것을 부정적으로만 보지 말아야 한다. 무조건 피해야만 해결된다고 말할 수 없다. 충돌을 피한다고 해서 문제가 해결되지는 않는다. 반대로 갈등을 적극적으로 해결하려고 하면 더 나은 결과를 얻을 수 있다. "비가 온 후 땅이 굳어진다"라는 속담처럼 말이다.

갈등이 순조롭게 해결될 때 이전보다 서로를 더 잘 이해하고 신뢰한다. 즉, 갈등은 개인이나 공동체의 성장과 발전에 필수적인 과정이며 변화와 새로운 발전의 계기가 되기 때문이다. 자신의 내면에서 일어나는 갈등이든 외부에서 빚어지는 갈등이든 '너와 나' 모두에게 전화위복이면 만사형통이다.

1. 12 산의 의미

산을 오르는 의미는
산이 인생의 답이 되어주기 때문이다.

근력을 올리기도 할 겸 산을 올랐다. 생각보다 제법 높은 가파른 산을 어둡기 전에 다녀올 요량에서 서둘렀다. 목적지는 정상 정복이다. 특히 맑은 영감을 준다는 얘기 때문에 관심을 더 받는 곳이기도 하다. 그런 풍문 때문인지 모르지만, 정상 부근에 솟아오른 바위 봉우리들이 어딘가 바다를 항해하는 선박을 닮은 모양새 같았다.

오르는 중에 아주머니 한 분이 지팡이를 짚고 지나시면서 이쪽이라고 가르쳐 주신다. 마른 목을 옹달샘에서 축이고 출발하는 기분이 상큼해졌다. 수도원 고행길이 이런 노정이 아닌가 싶다. 바위산을 바로 하고 서 있다. 뒤쪽의 큰 바위들은 마치 수도원을 지켜 주는 수호자들의 모습 같기도 했다.

옆의 아주머니들이 성가를 라이브로 들려줬다. 잘 훈련되고 다듬어진 목소리가 아니지만, 진실함과 간절함이 절절했다. 여기에 오르는 사람들의 가장 큰 목적 중 하나가 아닐까! 수많은 이들의 소원을 말할 수 있게 앉을 자리를 내주는 바위 바닥이 깊다는 느낌이 들었다.

둘러보니 겹겹으로 쌓인 바위산이다. 바위의 생김생김이 무척 정겹고 품위가 있다. 그리고 둥글둥글 운무는 신비스럽게 답을 그려낸다.

정상에 올라 나 자신을 들여다보고 펼쳐진 세상을 다시 본다. 그리고 업보처럼 이고 지고 있던 실존적 고독과 고민을 통째로 내려놨으면 싶었다. 인간의 한계를 넘어서게 하는 힘이 느껴진다. 산을 좋아하는 나에게 산은 또 답이 된다.

배船 바위는 대구광역시 달성군 가창면 정대리와 대일리에 위치한 주암산(848m)에 자리하고 있으며 최정산(906m)과 붙어있다. 등산로를 따라가면 최정산으로 가는 진입로가 나온다. 내려오니 아쉽다. 바위산 정상으로 이어진 탁 트인 풍광과 햇볕 아래에서 불어오는 산바람, 그리고 영혼을 정갈하게 씻어 줄 것 같은 계곡을 흐르는 물소리를 뒤로하고 풍진에 찌든 속세로 돌아오기 때문일 게다.

예순을 훌쩍 넘어도 산에 오면 마음이 정갈해지고 복잡한 현실에 대한 답을 얻는다. 산 맛이 만족스럽다. 삶의 찌꺼기가 모두 씻겨 내려가는 듯해서 후련하다. 지나온 청춘이 그립다가도 여기까지 온 지금의 나를 얼싸 안아줘 참 좋다. 지나온 시간을 모두 품을 수 있는 오늘이 있으니까 흡족하다.

1. 13 자연 치유 교육

우리는 생태 힐링healing[治癒]을 추구한다. 더 나은 삶을 위해서 생태 힐링을 원한다. 자연환경은 나날이 오염되고 현대인의 몸과 마음은 점점 약해지고 있다. 자연환경 위기는 현대인들이 생태적 치유를 추구하는 충분한 이유가 된다. 내남없이 현대인들은 자연 생태계를 이용하여 신체적, 정서적, 심리적, 인지적, 사회적 건강을 찾고자 한다.

생태 힐링이란 자연의 치유력을 되찾고 심신의 건강한 삶의 누림을 의미하는 것으로 자연ecology과 치유healing 혹은 에코 힐링eco-healing이라고도 한다. 생태 힐링은 생태 공원뿐 아니라 숲, 꽃, 나무, 동물, 바다, 산, 들, 들길, 하천, 저수지 등 생태계의 다양성을 유지하는 곳이라면 어디든 가능하다. 비단 농촌이나 어촌을 비롯해 산골뿐 아니라 도시에서도 생태 도시를 만들어 생태 힐링이 가능하다.

자연 생태계 다양성으로 힐링이 가능한 것은 자연 생태계가 인류의 보화이기 때문이다. 도시화가 가속화될수록 도시의 '자연 생태계 보전 필요성'은 점차 커지고 있다. 그 이유는 자연 생태계가 인류의 안녕을 유지할 수 있게 하는 바탕이 되기 때문이다.

우리 인류보다 훨씬 이전부터 존재했던 자연은 삶을 영위할 수 있는 둥지와 같은 장소로 이용되었다. 아울러 인류에게 정착 생활에 필요한 가장 중요한 것들을 제공해 주었다. 그러므로 인간은 자연과 조화를 이루며 공존하며 자연 속에서 보화를 발견하고 활용해야 한다.

자연과 인간의 조화 그리고 인간과 자연의 공존에서 얻을 수 있는 생태 힐링도 자연 속 보화 가운데 하나이다. 왜냐하면, 생태 힐링은 인간의 몸과 마음을 위시해서 정신 그리고 사회까지도 건강하게 유지하기 때문이다. 그래서 우리는 생태 힐링을 위해 산으로 들로 바다로 숲으로 강으로 찾아간다.

급속한 도시화로 도시의 공기는 실내외를 막론하고 심하게 오염되었다. 그로 인해서 우리의 건강을 위협하는 5대 요인 가운데 하나가 되었다. 그래서 실내 정원과 야외 정원을 비롯해 옥상 정원 등 다양한 생태 정원을 만들어 생태 힐링을 즐기게 되었다.

자연이 우리에게 제공하는 몸의 건강과 심리적 안정과 정신적 위안은 경제적으로 환산할 수 없을 정도로 삶의 질을 높여 준다. 다시 말해 생태 힐링은 인간이 자연과의 상호작용을 통해 신체적 정신적 치유를 얻을 수 있기에 삶의 질을 향상한다. 때문에 우리는 자연에 스며들기를 원한다. 이런 이유에서 사람들은 산이나 들 또는 숲이나 강과 바다로 떠난다. 심지어 전원생활을 위해 기존의 생활양식에서 과감히 탈피하여 농어촌이나 산촌으로 삶의 터전을 옮기기도 한다.

주말이나 휴일이 되면 생태 힐링을 위해 여행을 떠나

기도 한다. 그러나 이러한 선택을 할 수 없는 이들이 있다. 자연 생태를 찾아 훌쩍 길을 나서지 못하는 계층을 말한다. 환자나 노년층은 자연 생태가 더 절실히 필요하지만 그러지 못한다. 특히 거동하기에 불편하여 생활 시설에 수용된 경우는 더욱 그러하다.

어르신들은 아침마다 일어나는 이유가 무엇일까? 그들은 무엇을 바라보고 생명을 느낄 수 있을까? 시간이 아쉬운 어르신들은 장수만을 단순히 추구하지 않는다. 살날이 불과 얼마 남지 않을지라도 생명력을 느끼려 든다. 다시 말하면 생태 힐링을 추구하려 든다. 그분들도 자연을 만끽하려는 욕구가 강하다.

인간은 누구나 자연에서 치유하며 심신이 건강해지는 삶을 추구한다. 노령층도 마찬가지이다. 이것이 노년의 삶의 의미고 아침에 눈을 뜨면서 생명력을 경험하는 이유가 된다. 그래서 노년기에는 더욱이 자연과 치유를 함께 경험할 수 있는 생태적 삶이 필요하다. 다시 말해서 노년층의 건강한 삶을 위해서는 도심 속이라고 할지라도 자연 생태적인 삶이 제공되어야 한다. 자연 생태계에는 인간의 자연 치유력을 향상하는 능력이 있다.

우리는 모두 지친 몸과 흐려진 정신을 치유하기 위해 자연 생태계를 찾고 자연환경과의 상호작용을 통해 건강한 정신을 유지하려 들며 기쁨을 찾고자 한다. 그러므로 노년기의 행복한 삶을 위해 자연 생태계 생활은 권장해야 한다. 특히 도심 한가운데 위치한 어르신들의 생활 시설에서는 더욱 권장해야 한다.

혼자서 거동이 불편한 어르신들이 신체적 건강을 잃게

되면 한순간 자연과 단절된 삶을 살게 된다. 그래서 필자는 어르신들 생활 시설 운영에 생태 힐링을 고집하고 있다. "자연이 살아야 우리가 산다"라는 비전을 일상에서 실천을 강조하고 있다. 눈으로 직접 보는 푸르른 나무와 그 위에서 노래하는 새 소리, 작은 연못에서 흐르는 맑은 물소리, 솔 향기, 금잔화 향기, 닭장의 닭 울음소리, 잔디 위 산책 등을 통해서 정서적 안정감을 추구해야 한다.

실버타운이나 복지관을 비롯해 생활 시설 등은 닫힌 공간이 되지 않도록 친환경적 생활, 유기농 식단, 자연 환풍 등으로 생태계 다양성 유지에 심혈을 기울여야 한다. 스스로 거동이 불편하다 하더라도 인간으로서 누려야 할 자연권이 확보되어야 하기 때문이다. 환자나 어르신들뿐만 아니라 종사자들에게도 지친 업무 가운데서도 자연권을 누릴 수 있어야 한다. 근무 조건에서 오는 스트레스에서 해방될 수 있어야 한다는 이유에서이다.

인간은 자연과 공존해야 한다. 우리는 자연과 더불어 살아갈 때 가장 안정감을 유지할 수 있기 때문이다. 우리는 생태 정원을 걸으면서 정신이 매우 맑아지고 마음이 편안해짐을 느낀다. 자연과 교감하며 우리는 몸과 마음이 회복되고 있음을 느낀다. 아침에 피고 저녁에 지는 것에 적응하며 시간의 흐름에 따라 달라지는 자연환경에 잘 적응할 때 안정감을 유지할 수 있기 때문이다. 다시 말하면 생태 정원의 삶이 치유적 생활을 가능하게 하기 때문이다.

인간은 자연과 분리되어 건강한 삶을 살기는 힘들다. 그러므로 우리는 자연과 교감하며 삶의 안정감을 얻어야 한다. 자연의 주요한 역할이 인간의 안녕 된 삶을 가능하게 하는 것이다. 생태 힐링은 자연과 더불어 심신의 건강을 유지할 수 있기 때문에 우리의 삶의 질을 향상한다. 인간은 누구나 어느 시점이 되면 신체적 심리적 생리적 노화가 진행되어 건강의 한계를 경험하게 된다. 자연과 더불어 생태 힐링에 관심을 둔다면 어르신들의 성공적인 노후생활을 만들 수 있다.

자연 치유와 생태 힐링

도시에 생태 정원이 필요한 이유는 우리의 건강과 직결되기 때문이다. 자연환경 위기로 생태 힐링 열풍이 부는 이유도 우리의 건강 때문이다. 하버드 대학병원에서 환자들을 대상으로 생태 치료를 실험했다고 한다. 창밖 자연 경관을 항상 보는 환자 그룹과 그렇지 못한 그룹으로 나눠 회복속도를 측정했다. 그 결과 창밖 숲을 본 환자 그룹이 빠르게 회복되었다고 한다.

건강한 우리도 수목원이나 산을 오를 때 많은 것을 보고 느끼면서 마음의 안정을 찾게 된다. 자연은 사람의 몸을 치유할 수 있는 신비한 능력을 지니고 있기 때문이다. 그래서 현대인들의 새로운 건강증진과 질병 치유로 생태 힐링이 부각되고 있다. 그러나 자유로운 보행이 어렵다면 경험하는 데 한계가 있다.

일요일 오후 늦은 시간 주암산 배 바위를 등산했다. 가파른 산을 오르며, 땀을 흘리며, 솔향을 맡으며, 날숨 들숨을 들이마시니 자연과 하나 되고 켜켜이 쌓였던 피로와

스트레스가 해소되었다. 머리가 맑아지고 정신이 밝아졌다.

사람들이 최고로 꼽는 취미 생활 중 하나가 바로 등산이다. 봄여름 갈 겨울 사시사철 모두 산이 아름다운 우리나라는 신의 축복을 받은 셈이다. 산림청에 따르면 우리나라 국민 5명 중 4명이 일 년에 한 번 이상 등산을 한단다. 얼마나 사람들이 산을 숲을 자연을 그리워하고 사랑하는가를 알 수 있다. 그러나 도시의 분주한 일상은 산을 향하고픈 인간의 기본 욕구마저도 쉬 용납지 않는다.

생태 치유가 현대인의 힐링으로 강조되는 이유가 어디에 있을까. 그것은 자연 생태계의 모든 생명체가 인간과 연결돼 있다는 사실 자체가 마음을 깨끗하게 하고 몸을 치유하며 정신을 맑게 하기 때문이리라. 생태 힐링은 자연을 직접 체험하는 것이나 자연에서 충분한 시간을 보내는 것에서 이루어진다. 비록 산이나 들 또는 숲이 아닌 생태 정원이라 하더라도 생태 힐링은 일어난다. 어르신들이 산이나 강 혹은 바다에 직접 갈 수 없어도 생태 정원에서 건강한 삶을 계속 유지해 갈 수 있기에 더욱 필요하다.

웰빙과 힐링 그리고 복지를 한곳에서 해결할 수 있는 복지관에 조성된 생태 정원의 생태 힐링도 그 한 형태다. 생활 시설에 거주하시는 어르신들은 대부분의 여가를 텔레비전에 의존한다. 어르신들의 생활에서 육체적 활력이나 정서적 행복을 비롯해서 사회적 유대감 등을 증진할 수 있는 자연을 벗 삼을 힐링 공간이 필요하다. 결론적으로 현대는 편의주의 시대다. 사람들이 각자의 편의대로 살아가는 세상이다. 하지만 우리는 자연보호와 자연 생태에 관심을 둬야 한다.

건강한 개인과 사회를 위해 도심에서도 생태계와 융합된 건강 장수 힐링 방법에 대해 관심을 둬야 할 때다. 5월이 되니 정원의 꽃들이 참 아름답다. 치매 여부에 상관없이 어르신들이 복지관 정원에서 가정과 같은 분위기의 행복을 누린다. 내 집 앞마당에 나무가 자라고 꽃들이 피고 새들이 날아다니는 것을 보는 것처럼 즐거워한다. 돌에 나무를 붙여 기른 분재를 보거나 텃밭에 기어 다니는 개미를 발견하거나 황금색 작은 금붕어가 노니는 연못 물소리를 들으며 '내 집이구나'라고 느끼시는 듯하다.

매일 아침저녁으로 화초나 잔디에 물을 주는 것이 하루 시작이고 끝이다. 꽃을 옮겨 심고 연못을 다듬으며 마음을 비우고 고요히 만물의 변화를 지켜보는 순간이 즐겁다. 움트는 새순, 나무의 엷은 잎사귀, 피고 지는 금잔화, 참꽃진달래, 엄나무, 가죽, 정원에 가득한 식물들이 봄비를 잔뜩 머금고 있다. 손목에 혈관이 부풀어 올라 신경을 건드려 손이 아파도 생태 정원을 직접 가꾸는 내게도 생태 정원은 언제나 힐링이다.

1. 14 전진 기어로 후진

전진 기어로 전진해야 한다.

후진 기어를 넣고 전진할 수 없고, 전진 기어를 넣고

후진할 수 없다.

그런데 어떤 사람들은 자신이 후진기어를 넣은 사실을 모르고 앞으로 나아가려고 한다. 또 어떤 사람들은 전진 기어를 넣었다가 곧바로 다시 후진하려 든다. 이는 도전과 현실 안주 사이에서 갈팡질팡하는 꼴이다. 현실에 안주하는 사람들은 늘 제 자리에 맴돌고 있다. 도전하는 사람은 끊임없이 새로움 앞에 설 수 있다.

나는 도전해 나간다. 전진 기어를 넣었기에 앞으로 나아간다. 사르트르Jean Paul Sartre는 "인간은 정지할 수 없으며 정지하지 않는다. 현재 상태로 있을 때, 가치가 없다"라고 했다. 현 상태에 머무는 가치 없는 삶은 선택하지 않는다. 정지하는 것은 퇴보이기 때문이다.

뒤늦게 계명대학교에 입학했다. 40대 늦깎이 대학교 1학년인 나는 20대 새내기와 함께 사회복지학을 공부했다. 부모 자식처럼 나이 차이가 컸던 까닭에 동급생들과 어울리기 쉽지 않았다. 하지만 정규대학을 다니고 싶어 선택한 대학 생활이라 의미가 아주 각별했다.

새로웠다. 새삼스럽게 새롭게 느껴지는 교정이었다. 참치가 바다를 헤엄치는 것 같았다. 내 안의 열정이 비전으로 이루어져 가고 있었다. 마른 장작에 기름을 부은 것처럼 내 꿈은 타올랐다. 앞으로 타성에 젖지 않고 파이pie를 넓혀 나가리라고 다짐했다. 인생 2막 3막까지 말이다.

1. 15 산이 선생이다

혼자서 큰 결정을 앞두거나 가야 할 길이 잘 보이지 않을 때 지리산을 찾는다. 그 품이 넉넉하고 자애로워 어머니의 품 같은 지리산은 특별한 힘을 준다. 등반의 힘든 과정을 인내로 극복해가는 과정에서 얻은 정신적 육체적 에너지 축적은 큰 자산이 된다.

극한의 과정을 미리 체험해 봄으로써 얻는 학습효과도 있다. 정상에 도전함으로써 인내심을 시험해 보고, 굽이굽이 산길을 올라가면서 복잡한 머릿속을 정리하고, 헝클어진 심신을 정화해 마음의 수평을 잡는 소중한 시간이 되기도 한다.

지리산 천왕봉(1,915m) 도전은 꽤나 힘든 코스다. 천왕봉을 빨리 올라갈 수 있는 길이 산청 마을과 백무동 두 군데가 있다. 그중에서 나는 백무동 코스를 즐겨 탄다. 백무동은 일설에 의하면 백 명의 이름난 무당이 태어났다고 하여 붙여진 이름이라는 귀띔이다.

하동 바위를 거쳐 장터목으로 올라가는 길을 가야 장터목산장에서 하룻밤을 보내고 천왕봉에서 해돋이를 볼 수 있다. 마음의 갈피를 여닫으며 걸어가는 길은 내 의지와 상관없이 작은 바람에도 살랑살랑 흔들리는 나뭇잎의 무심함이 나의 몸에도 전달되어 한결 자유롭고 청량감을 느낀다. 나 자신과의 고독한 싸움 끝에 흐르는 땀방울은 몸에 쌓인 노폐물과 함께 흘러 상쾌하기 이를 데 없었다. 그리고 가쁜 숨을 몰아쉬면서도 희열을 한껏 맛본다.

　구름다리를 지나면 산물이 모여 솟는 작은 샘이 나타
난다. 깊은 계곡에서 흐르는 물로 갈증을 해소하고 샘물
을 물통에 채우며 새로운 각오로 다시 산길을 올랐다.
나 자신과 다짐을 몇 번이고 반복한 후에야 앞이 탁 트
인 바위에 앉을 수 있었다. 깊은 산속에서 불어오는 바
람은 마치 보약이라도 먹은 듯이 새로운 에너지와 맑은
정신을 샘솟게 하는 묘한 마력이 있었다.

　너럭바위에 앉아 결정해야 할 일과 그 길이 과연 정의
로운 길인가를 곱씹어 보기도 했다. 그리고 하이데거
Martin Heidegger와 맹자孟子나 공자孔子를 비롯해서 소크라테
스Socrates와 톨스토이Tolstoy Leo Nikolaievitch도 만난다. 명상하며

답을 찾아본다. 백두대간의 장엄한 자태에 빠져들라 치면 사바세계가 다 발아래라서 뜻하지 않은 호연지기 경지의 희열에 빠져보기도 했다.

내가 아는 것이 전부라고 단정했던 일들도 다른 시각으로 바라보게 된다. 또한, 마음 한구석에 꽁꽁 숨겨두었던 것도 내려놓을 수 있게 된다. 산은 세상사에 지치고 힘든 나를 안아주고 달래주는 큰 어른이다. 종지보다 작은 삶의 그릇... 혼자 만들어 놓은 그 그릇에 빠져서 아등바등하는 내 모습을 멀리서 높이서 바라볼 수 있게 해주는 투명한 유리 세계다.

한결 가벼워진 몸으로 산장을 향해 걸음을 재촉했다.

산장의 예약은 필수이다. 사람이 많을 때 예약하지 못한 사람은 저녁까지 기다려서 예약 손님이 도착하지 않아 남은 자리에 나이순으로 배정해 준다. 이런저런 절차를 치르고 산장에 들어서면 초면인 등산객들과도 쉽게 마음을 나눈다. 거기에는 '산의 품'이라는 큰 공통분모를 공유하기 때문일 게다. 낯선 사람들과의 대화는 예기치 못한 깨달음을 주기도 한다. 서로의 입장이나 가치관을 존중할 수 있기 때문이리라.

이튿날 이른 새벽에 일어나서 정상을 향해 등반을 시작하면 고지대의 세찬 바람이 건너편 산으로 날려 보낼 듯이 기세가 등등하여 온몸이 으스스 떨리기도 한다.

드디어 정상

천왕봉 세 글자가 떡하니 새겨진 표지석을 바라보면 고된 등반의 피로감이 한순간에 달아난다. 삼대三代가 선업을 쌓아야 천왕봉 일출을 볼 수 있다고 한다. 힘들게 온몸을 불태우고 천왕봉 정상에서 비는 소원은 꼭 들어줄 것만 같기도 했다.

동녘 하늘에 시뻘건 불덩이들이 이글이글 타오르더니 그 사이로 둥그런 해가 떠오르기 시작했다. 가슴이 뭉클하면서 탄성이 절로 나왔다. 장엄한 일출을 보고 내려오는 길에 또 한 번 산이 주는 감동을 느낄 수 있었다. 살아서 천년, 죽어서 천년을 산다는 주목 군락지의 고사목 풍경이 발길을 머물게 했다.

위대한 자연

자연은 참으로 위대하다 아무 말도 하지 않고 자신의 자리를 영원히 지키며 서 있기만 해도 인간에게 크나큰 위안과 교훈을 준다. 세파에 시달리며 풍진에 찌든 심신을 다 받아주고 새 몸과 새 마음으로 돌려보내는 은혜를 누구에게나 공평하게 베풀고 있지 않은가.

현재의 삶은 어떤 의미가 있는가. 어떤 가치관으로 미래를 맞이해야 하는가. 조금씩 비우고 내려놓고 부족한 나를 돌아보게 하는 자연의 위대한 품에서 작고 나약한 인간임을 새삼 깨닫는 시간이었다. 지리산에서의 1박 2일 동안에 화두話頭를 깨우친 수도승처럼 가벼워진 마음으로 산을 내려왔다. '어머니의 따뜻한 품속과 같은 산에서 하나를 그리고 또 하나를 그래서 둘을 깨우치고 우보牛步로 뚜벅뚜벅 내려왔다'.

2

가치

2부. 금화동산에 피어난 금잔화

2. 1 7백만 불의 사나이

자가 공장을 짓고 개업식을 3일 앞둔 아침이었다 (1987년 8월 30일). 공장 마당 동남쪽 방향에 주 출입구를 두었고, 북쪽 문은 큰 차가 출입할 때만 사용할 요량으로 대문을 달아 두었다. 전날 비가 조금 와서 마당이 촉촉했다.

직원을 시켜도 되었다. 하지만 다들 바쁠 때라서 직접 전기 용접을 하고 있었다. 일할 때 가끔 신발을 벗어놓고 하는 습관이 있다. 그 날도 맨발로 작업 중이었다. 또 다른 이유는 날씨가 매우 더운 탓도 한몫하며 부추겼을 게다.

용접 중에 "사무용 기구를 교환하려고 화물차가 들어왔다"라는 얘기를 들었다. 차의 출입을 위해 용접기를 옮겨야 했다. 그런데 용접기에 전기가 들어와 있기 때문에 메인 스위치를 꺼야 옮길 수 있었다. 그런데 잠시 옆으로 옮기는 거야 '괜찮겠지!'라고 생각하며 용접기를 들었다. 그 순간이었다.

'아아악~~!'

외마디 비명이 저절로 튀어나오며 금세 입이 붙어버렸다. 그리고 정신이 혼미해져 내가 흙덩이인지 용접기인지 구분이 되지 않았다. 게다가 용접기가 몸에 붙어서

떨어지지 않고 한 몸이 되어 뒹굴었다. 감전된 것이었다. 한참을 뒹굴고 있는데 사무실을 나오던 직원이 보고 내 몸을 잡으려고 했다. 그러나 요동치듯이 뒹굴고 있어 잡지 못한 채 전선電線을 잡아당겼기며 허둥댔다. 그 와중에도 전선을 잡아당기지 말고 스위치를 내려야 하는데라는 생각이 들었다. 그 절체절명의 순간에 지난 일들이 초고속 파노라마처럼 머리를 스치며 "아! 나는 이제 죽는구나. 수없이 고생하면서 여기까지 왔는데 이제 끝나는구나"라는 생각이 스쳐 지나갔다.

완전 절망적인 상황이었다. 그러나 살아날 운명이었던 모양이었다. 그때 사택 옥상에서 TV 안테나를 설치하던 운전기사가 이 광경을 보고 뛰어 내려와서 스위치를 내리는 순간 몸이 튕기면서 용접기가 떨어져 나갔다. 거의 초주검이 되어 병원 응급실로 실려 갔다. 그런데 아직 죽지는 않은 모양이었다. 의료진들의 다급한 말소리가 희미하게 들려왔다.

검사 결과 별 이상이 없다는 의사의 진단이 나왔다. 하지만 발에는 실핏줄이 터진 자국이 수북했는데 맨발이었기 때문에 발에 피가 터져 생명을 건졌다고 했다. 그러면서 의사는 '살아있는 게 기적'이라면서 농담으로 "700만 불의 사나이"라고 했다.

혼자 들기 버거운 220볼트 전기가 흐르는 용접기 박스를 안고 이리저리 뒹굴었다. 그런 상황에서 만약 직원이 내 몸을 잡았다면 서로 엉겨 붙어 저승길도 동행했으리라는 생각이 들기도 했다. 아무튼, 죽을 고비를 넘기고 용케 살아남았다. 하지만 며칠 입원을 한 채 경과를 지켜봐야 한다는 의사의 만류를 뿌리치고 병원을 나왔다. 개업식이 코앞이었기 때문에 어쩔 수 없는 결정이었다.

개업식 날 아침이었다(9월 2일). 말쑥하게 양복을 차려입었다. 그렇지만 감전의 후유증으로 입을 여는 것도 조심스러워 몇 번이고 손으로 가린 채 어렵사리 입을 열었다 닫았다 해야만 했다. 이윽고 내 청춘의 꿈이 서서히 피어나기 시작하는 순간이었다. 그러나 매사 신중하지 않으면 안 된다는 교훈을 되새기며 용접기 상자를 떠올리곤 했다. 그러나 나의 무모한 행동은 그 뒤에도 여러 차례 되풀이되었다.

▌2. 2 개똥밭에 굴러도
　　　이승이 좋다더라

"선생님! 우리 아가가 언제 오는교? 이쁜 윗도리 사온다고 했는데!", "우리 아가가 할망스러워 잊었는갑다", "선생님! 우리 아가가 언제 오는교?", "선생님! 우리 아가에게 전화 넣어주소"

어르신은 아침 식사 시간과 간헐적인 수면을 제외하고 온종일 요양보호사를 붙들고 고운 외투 타령을 한다. 해석하면 이렇다. "선생님! 우리 며느리 언제 오나요? 예쁜 재킷을 사 오겠다고 했어요", "며느리가 잘 잊어먹는 터라 잊은 모양입니다", "선생님! 며느리 언제 오나요?", "선생님! 우리 며느리에게 전화 넣어주세요."

치매 어르신이 며느리를 기다리며 날마다 요양보호사에게 하는 말이다. 고생스럽게 산 날의 보상으로 고운 외투를 입고 여행 가고 싶어 하는 소망을 요양보호사는 매일 듣는다.

"어르신! 식사 잘하고 편하게 지내시면 며느님 곧 올 겁니다". "어르신! 며느님이 잊지 않고 고운 외투 사 갖고 곧 올 겁니다". 요양보호사는 어르신의 행동을 이해하고 가능한 안정시킬 수 있는 말로 지친 기색 없이 말씀을 들어드린다.

인생 여정의 최종단계는 죽음이며 죽음은 생물학적 기능의 정지로서 유기체 능력의 상실을 의미한다. 그런데 이 죽음은 모든 인간을 비롯하여 노인의 주된 관심사로 반드시 노년기에 극복해야 할 주요과제이다.

태어남을 스스로 선택할 수 없듯이 죽음도 우리의 영역 밖의 일이다. 그런데 가는 세월이나 오는 백발이 당연지사이다. 하지만 세월이 가면 나이를 먹게 되고 병이 친구처럼 찾아오게 마련이다. 그래서 달갑지 않은 병을 안고 늙어가는 게 하늘의 섭리이련만 죽음이란 실체 앞에 망연자실 불안한가 보다. 그런 불안을 떨쳐내지 못해 예로부터 '개똥밭에 굴러도 이승이 좋다(雖臥馬糞 此生可願)'라고 일렀나 보다. 그러나 노년기는 상실과 정지의 상태로 접어드는 것으로 심신을 비롯해 사회적인 관계도 상실을 경험하고 기능 정지를 받아들여야 하는데 혼자서는 감당해 내기 어렵다.

우리나라의 노인복지로 요양보험제도가 정착되어 있

다. 이 외에도 점점 늘어가는 노령층에 걸맞은 다양한 프로그램과 지원을 통해 좀 더 풍요로운 삶을 누릴 수 있는 실질적인 도움 대책이 추가로 마련되어야 한다. 이 같은 맥락에서 요양원 시설을 획기적으로 개선함으로써 안정과 아름다운 삶의 마무리를 위한 여건 조성을 위해 최선을 다하고 있는 현실이다.

자녀들이 부모를 부양할 수 없거나 노인 스스로 자신의 삶에서 안정을 찾을 수 없을 경우를 위시해서 도움이 필요한 상황이 발생한 경우에 대한 대책을 생각한다. 우리가 알고 있는 '진료는 의사에게 약은 약사에게'라는 문구처럼 노령화가 진행되면 전문기관을 찾아야 한다. 혼자 힘으로 일상생활을 영위하기 어려운 노인은 요양원을 이용할 수 있어야 한다. 아울러 가사나 활동 지원 또는 주간 보호 서비스 제공을 통하여 안정된 노후생활을 보장받아야 한다.

어린아이와 노인의 공통분모 중 하나가 스스로 삶을 영위할 수 없다는 점이다. 그러므로 어린이나 노인은 돌봄이 필요하다. 하지만 돌봄의 방식은 매우 다르다. 젊은 어머니들은 아이들이 어린이집이나 유치원에 보내는 게 당연하다고 생각하며 더 좋은 시설, 더 좋은 교육장을 찾는다. 어린이 비해서 노인들을 돌보는 방법은 사뭇 다르다. 그런데 노인이 스스로 삶을 꾸려 갈 수 없는 상황이 되어도 그에 맞춤한 돌봄 방법을 제대로 찾지 못해 갈등을 겪기도 한다. 현실적으로 노인이 된 부모를 노인복지시설에서 돌봄을 받는 것에 대해 견해가 '긍정'과 '부정'으로 나뉜다. 그 이유는 '효孝'와 '불효不孝'의 시선에 사로잡히기 때문이다.

인생의 마지막 보루

　노인 요양원이 생애 마무리 단계의 마지막 보루(堡壘)로 인식되고 있다. 이런 연유에서 노인복지에 종사하는 사람으로서의 책임과 의무가 강하게 느낀다. 하지만 책임과 의무만으로는 어르신들과 함께할 수 없다. 왜냐하면, 제 부모나 가족이라는 신념이 없으면 단순한 수용시설 일밖에 의미가 없다. 의무와 책임은 당연하며 효는 부모에 대한 자녀의 감사와 존경이다.

　노인복지시설 이용이 도리가 되고 효가 되는 것은 시대적 소명이다. 이런 현실에서 "개똥밭에 굴러도 이승이 좋다"는 말의 의미를 되새겨 본다. 어르신들의 생애 마지막 길을 함께 하는 우리들은 노인복지의 마지막 보루가 되어 따뜻한 가정 역할을 감당하는 게 소임이다.

2. 3 금화동산에 피어난 금잔화

　일본 여행 중에 상가 밀집 지역 벤치에 앉아 있을 때 어디선가 허브향이 바람을 타고 날아왔다. 무거운 몸이 가벼워지고 정신이 개운해지면서 여행의 피로가 일시에 날아갔다. '아~ 우리 요양원에도 허브 식물을 심어 요양원이라는 선입견을 없애 맑고 쾌적한 분위기로 만들어야겠다'라는 결심을 했었다.

로즈마리rosemary는 값이 비싼 까닭에 조금 심어 봤는데 허브 효과는 좋았다. 하지만 추운 날씨 때문에 야생으로 재배하려면 문제가 되었다. 한편 페퍼민트peppermint는 번식력이 강해 잡초처럼 우거지는 까닭에 주위의 식물들과 조화를 이루지 못해 관상용으로 부적합했다.

이런 이유로 어떤 허브가 알맞을까 여러 가지로 궁리를 하다가 꽃도 예쁘고 향도 있는 대상을 찾다가 금잔화를 발견했다. 독특한 향이 주변을 정화하고 환경 적응력이 좋으며 저절로 피고 지는 관계로 손이 덜 간다는 장점을 지녔다. 게다가 4월부터 7월까지는 언제 옮겨 심어도 처음 열흘 정도만 물을 잘 주면 뿌리가 안착한다. 금잔화를 흔히들 메리골드marigold라고도 한다. 하지만 실제로는 두 꽃은 국화목 국화과로 친척이다.

금잔화는 소화기 계통의 치료와 눈 건강에 탁월한 효능이 있다. 다량의 항산화 성분인 플라보노이드flavonoid 함유로 보습 염증을 다스려 피부미용에 좋단다. 아울러 루테인lutein 함유로 눈 건강 지키는 데 대표적인 꽃이라고 한다. 일반적으로 나이 들면서 눈이 침침해지고 건조해지게 마련이다. 그런데 아름다운 풍광과 함께 눈이 밝아지는 희망을 주는 기특한 꽃이다.

씨 뿌리는 시기를 조절하여 연중 꽃을 피우게 할 수도 있다. 또한, 내한성이 있어 겨울에도 꽃을 볼 수 있다. 게다가 한여름부터 서리가 내리기 전까지 연속해서 꽃망울을 터트린다. 조금만 어두워져도 꽃잎을 닫고 아침 햇빛에 꽃잎을 연다. 그렇게 꽃잎을 여닫는 이면에 숨겨진 낭만적인 전설도 지니고 있다.

해마다 4~5월 무렵부터 금잔화 꽃밭 만들기에 정성을 다하고 있다. 초겨울까지 금화동산에 황금색 꽃밭이 융단같이 펼쳐지는 걸 상상하면서 새벽같이 달려 나와 열정을 쏟는다. 장맛비가 내릴 때까지 모두 옮겨 심어야 하는데 올해는 유독 장마가 늦어 폭염 속에서도 무사히 착근着根할 때까지 하루 두 번씩 물을 주고 지속적으로 보살피는 게 예사로 성가신 일이 아니었다.

동이 틀 무렵 금화동산에 오르면 가슴이 벅차오른다. 나무 한 그루나 꽃 한 송이 피우기까지 들인 정성이 적지 않았다. 그러나 아름다운 풍광으로 보답해주니 절로 숙연해진다. 금잔화 주위로 미세하게 퍼지는 독특한 향과 주변 나무들과의 조화가 보통이 아니다. 눈에 보이지는 않지만 정화된 공기가 폐부에 스며들어 머리가 맑아지는 것을 확연히 느낀다. 큰 나무 아래나 바위틈에 선명한 주홍의 옷을 입고 환하게 웃고 있는 금잔화 군락을 보면 "황금 술잔"이란 꽃말이 전혀 무색하지 않다.

꽃밭을 가꾸면서 참 많은 생각에 잠기곤 한다. 해마다 피고 지며 많은 사람에게 기쁨을 주는 꽃밭은 얼마간의 돈으로 만들어지는 것이 아니다. 그들은 심고 가꾸는 사람의 정성과 꿈으로 만들어지는 것이라는 생각이 나를 다시 한번 더 성찰하게 한다.

꽃이 피면 자연스레 벌과 나비가 날아들게 마련이다. 금화동산도 예외가 아니다. 이른 새벽부터 방문객이 끊이지 않는다. 온갖 새들이 지지배배 지저귀며 큰 나무 둥지를 드나드는 것을 시작으로, 출근하던 금화가족들의 발걸음이 가볍고, 요양원에 계시는 어르신들이 청정한 환경을 한껏 누린다. 또한, 방문객이나 보호자들도 금잔화 군락에 탄성을 지르며 반긴다. 바쁘고 각박한 세상을 정신없이 살아가다가 금화동산에 오면 요양원에 모신 부모님에 대한 미안함이 다소 옅어지고 위안이 된다는 고백이다.

자리이타自利利他. 나도 이롭고 너도 이롭다는 뜻으로 금잔화 꽃밭을 가꾸는 것은 상생인 셈이다. 높은 이상을 향해 살아가는 이유이자 목표이기도 하다. 그렇지만 여기에 인연이 닿은 모든 이들에게 행복을 선물하는 출발점이기도 하다.

2. 4 도전으로 가야 할 길

긴 시간을 열심히 달려왔다. 그러나 아직도 앞만 보고 가야 할 이유는 또 다른 목표와 열정적인 꿈이 남아 있기 때문이다. 젊은 시절 기숙사 생활을 할 때 교사가 되어 아이들을 가르치는 선명한 꿈을 꾼 뒤 확실한 목표를 결정했다. 아마도 배우지 못한 한을 늘 가슴속에 품고 있었던 게 그런 꿈을 꾸게 했지 싶다.

그때부터 가장 훌륭한 유치원을 설립하고 운영해야겠다는 목표를 세웠다. 하지만 꿈과는 동떨어진 섬유계통 일을 하면서 오직 성공해야 한다는 다짐을 거듭했다. 그런 신념 아래에 젊음을 불태우면서 맨손으로 성공할 수 있는 방법을 생각하고 또 생각했다.

현실적으로는 꿈을 실현할 수 있는 가능성이 보이지 않았다. 무일푼으로 시작해서 가난과 싸워야 했던 어려운 시절 신념이 있어야 변화를 가져온다는 믿음의 불씨를 늘 마음속에 되살려야 했다. 진정 교육 사업이 불가능하다는 부정적인 생각들을 과감하게 떨쳐내고 가능성을 찾는데 모두걸기all in를 해야 했다.

그 당시 내 심신을 둘러쌓고 있던 것은 삭막한 공장이었다. 어두컴컴했던 섬유공장에서 기계들의 정교한 움직임과 섬유공장 특유의 냄새는 오랜 세월이 지난 지금도 뇌리에 선명하게 각인되어 있다.

내 나이 26세 되던 해였다. 자가 공장을 제대로 가동하지 못하며 어려움을 겪고 있던 무역회사로부터 스카우트 제안이 왔다. 곧바로 채용되며 지사장이 되었다. 지사장으로 발탁되고 3개월이 지나면서 공장 가동 이후에 최고 생산량을 기록했다. 이때부터 회사로부터 인정받기 시작했다.

입사 후 1년 남짓 지나면서 동업으로 운영되던 회사가 서로 갈라지면서 공장을 내가 인수하지 않을 수 없는 상황으로 몰렸다. 빼도 박도 못하는 막다른 골목으로 몰려 공장을 인수하는 쪽으로 마음을 굳혔다. 그동안 저축한 돈과 부족한 부분은 대출을 받아 공장은 전세지만 직기織機 36대와 직원 모두를 안는 조건으로 인수했다. 거기에 더해서 새로 기계 4대를 더 구입하여 모두 40대로 대구 월배의 대천동에 광영섬유 사장이 됨으로써 인생의 새로운 이정표를 세우게 되었다.

한편 제직료製織料가 1.5배나 많은 지지미 생산을 위해

빔을 한 개 더 추가하는 기계 장치를 설치했다. 이로 인해 일하기가 불편해서 일을 기피하는 직원들에게 월급도 인상해 주는 한편 설득을 해 나가면서 공장을 운영했다. 생각한 대로 수입이 껑충 뛰었다.

공장을 인수할 때 중고 직기 1대당 20만 원에 매입했다. 인수한 지 6개월이 지나면서 정부에서 섬유기계 노후와 교체 시책이 선포되면서 헌 직기 4대를 폐기해야 자동 직기 1대를 교체 할 수 있는 조건으로 은행 대출을 해주었다. 그런데 그때 20만 원에 매입한 직기가 1대당 100만 원까지 인상되는 행운까지 얻으면서 나의 사업은 승승장구했다. 그로부터 2년 후 대구 인접 달성군 옥포에 부지를 매입하고 서둘러 자가 공장을 신축하여 이전했다.

그때는 세면 시설이 열악했던 시절이었다. 그래서 여자 직공들은 겨울엔 기숙사에서 아침이면 연탄불 위에 양동이를 올려놓고 물을 데워 세수와 머리를 감았다. 그런데 서로 먼저 물을 데워 쓰려고 실랑이를 벌이다가 뜨거운 물에 발에 화상을 입기도 했다. 이런 때문에 아침마다 '네 물, 내 물'하는 다툼이 끊이지 않았다. 그런 열악한 환경을 감안하여 나는 수도꼭지에 따뜻한 온수통의 물이 나올 수 있도록 개선했다. 지금 생각해도 그 시절 그것은 획기적인 일이기도 했다.

같은 처지로 함께 일을 하던 동료가 사장이 되었기 때문에 매사에 행동을 조심해야 했다. 거래처 사람을 만나고 타사 사장을 접견할 때면 차에다 실어놓은 옷을 밖에서 갈아입기도 하고, 새 옷을 사면 차에 실어 두고 밖에서 입기도 했다. 이런 불편함을 감수할 수 있었던 것은 겸손을 잊지 않고 싶어서였을 뿐 아니라 동료들을 존중해 주고 싶은 배려이기도 했다.

2. 5 도전, 또 도전

꿈이 있어 일을 멈출 수가 없다

교육 사업을 실현하기 위한 꿈과 목표가 있었다. 이를 이루기 위한 첫 단계로 부단한 각오와 열성을 다해 학업에 정진하기 시작했다. 앞으로 돈을 벌어 사장이 되면 교육 사업을 함께 할 배우자를 만날 것이라는 확신을 가졌었다. 그런 믿음이 있었기에 수많은 유혹을 뿌리치고 기다리면서 목표에 한층 더 다가갈 수 있었다.

시간이 지나면서 나의 목표는 점차 현실화되는 듯했다. 그러나 운명의 신은 가혹하리만큼 험난한 고난을 또다시 안겨 주었다. 무역하는 친구의 형편이 어려워져 그에게 사무실을 내어주고 합류하면서 오더를 직접 받는 무역에 동참한 것이 부도의 원인이 되었다.

꿈을 이루기 위해 세상의 달콤한 유혹을 과감히 뿌리치고 나 자신과 싸움을 하며 차곡차곡 쌓아왔다. 그 모든 것들이 하루아침에 눈앞에서 물거품처럼 사라지는 순간 그 고통은 견디기 어려울 정도로 혹독했다. 사실, 부도의 아픔보다 더 힘들었던 것은 어쩌면 내 꿈을 접어야 할지도 모른다는 두려움의 엄습이었다.

포기할 수 없었기에 단지 목표를 이루기까지 조금 더 시간이 필요할 뿐이라고 나 자신을 독려하며 정리해 나갔다. 부도로 인한 부채는 다시 일하면서 갚아 나가기로 다짐했다. 그때 1996년 정부에서 인정하는 법정관리 회사는 안전한 줄만 알고 의류 회사인 '논노'와 1년 남짓 거래해왔다. 그런데 탄탄하다고 믿었던 논노가 부도를 맞으며 그 여파로 우리 회사도 또다시 부도를 맞았다.

'정말 이제는 나의 꿈과 모든 것이 끝장이구나' 하는 참담함을 절감했다. 다시 닥쳐온 부도로 나는 무덤까지 안고 가야 할 많은 어려운 일들로 인해 정신을 차릴 수가 없었다. 그 시절 내 인생에서 가장 큰 좌절감을 맛봤고 그때 흘린 눈물은 그동안 흘린 땀보다도 많았지 싶다. 이런 절망적인 상황에 처해서도 포기할 수 없었다.

아내는 원래 사회학을 전공했다. 하지만 꿈을 위해 다시 유아교육학과에 입학해 1년을 공부하던 중에 부도가 났다. 그래도 공부를 포기하지 않았으며 다시 일어서 꿈을 이룰 수 있다는 희망을 잃지 않으려고 공부를 계속할 수 있게 했다. 그런데 설상가상으로 그해 말 국가적 위기인 IMF 사태가 덮치면서 한 가닥의 희망마저 끊어 놓는 듯했다.

가족은 평상시에는 존재의 소중함을 느끼지 못하지만, 육체적으로 힘들 때나 사람에 지칠 때 더위에 물을 한 모금 마시듯 갈증과 갈급함이 해소되고 그 소중함을 알게 된다. 너무 바빠서 가족을 돌볼 수 없었지만 내 집에 돌아가면 편안했다. 남에게 잘 보이려 꾸밀 필요도 없었고, 이기기 위해 남과 경쟁할 필요도 없었다. 이제 아이들이 결혼해서 며느리, 사위, 손자가 있어서 더 편하다. 하지만 옛날에는 바쁜 남편 때문에 직장에 묻혀 있던 아버지 때문에 아내와 남매가 많이 힘이 들었을 것이다. 표현력이 없어 다정히 대해주지도 못했다. 그래서 더 힘들었을 것이다.

살면서 가족들 사이에서 불만족스러운 시간을 보내지 않은 사람은 거의 없을 것이다. 지나고 나면 왜 그랬는지 반성하고 그 시절로 돌아가고 싶어진다.

육십 넘은 지금, 혼자 있을 때면 잘 챙겨주지 못했던 그때가 미안하고, 그래도 지금까지 늘 함께할 수 있어 감사하다.

찾아와 준 희망

모든 것을 포기해야 할 막다른 길목에서 방황할 때였다. 운명의 신에게 불쌍하고 안쓰럽게 투영되었던가 보다. 한 줄기 희망이 빛이 찾아왔다.

IMF 전 1달러에 900원이던 환율이 1800원으로 배로 올랐었다. 그에 비해 땅값은 최저로 하락했다. 그 무렵 마침 일본과 거래하는 봉제 업체로부터 오더받은 것이 있었다. 그것이 재기의 모티브가 되었다. 최악의 상황에서 물불을 가리지 않고 열심히 할 수밖에 없어 미련할 정도로 오직 일에 몰두하면서 재기를 위해 몸부림쳤다. 그렇게 질곡의 터널을 지나면서도 꿈을 포기하지 않았기에 부도라는 혹독한 시련을 두 번이나 겪으면서도 다시 일어설 수 있었다.

대부분 회사가 IMF에 견디지 못하고 파산했다. 그런 와중에 일본에서 물량 주문이 늘어나면서 회사가 다시 살아나는 행운을 용케도 잡았다. 원화는 하락하고 일본의 엔화가 강세였다. 이로 인해서 일본 업자들은 우리나라에서 더 싼 값으로 구매할 수 있었기 때문에 오더 주문이 늘어났다. 이 천재일우의 기회를 놓칠 수가 없어 죽을 힘 다해 퀵데리오더(급한오더)를 모두 소화해냈다.

올곧은 판단이 인생을 결정하게 된다는 신념과 끊임없는 노력으로 불가능의 벽을 허물며 도전했던 삶이었다. 나를 힘들게 했던 온갖 절망적인 상황을 극복하고 남모르는 땀과 눈물을 흘리면서 10년 고생 끝에 기적같이 재기했다. 그 결과 밀레니엄 시대가 시작된 2000년에 드디어 젊은 시절부터 꿈꿔왔던 어린이들의 궁전인 유치원을 화원 명곡에 얼과 혼을 담아 설립했다.

여기에 이르기까지 30여 년이라는 인고의 세월 동안 포기하지 않았기에 꿈이 이루어졌다. 일단 꿈이 현실이 되었다. 하지만 그것은 끝이 아니며 더욱 발전시켜야 하는 또 다른 소명이 남아 있다. 따라서 새로운 목표를 이루기 위해 도전해야 하는 때문에 절대로 여기서 멈출 수 없다.

2. 6 따뜻한 가정 같은 복지관

흔히들 식구가 모여 정담을 나누는 사랑이 가득한 가정을 꿈꾼다. 하지만 각자가 바쁘고 하는 일이 많아서 함께 대화하며 식사하는 게 쉽지 않다. 그래서 스스럼없이 대화를 나누고 공감할 누군가가 절실한 현실일지도 모른다. 그런 까닭에 가족 대신에 좋은 이웃과 더불어 부담 없이 대화를 나누며 공감할 수 있다면 삶에 활력을 불어넣을 수 있어 더할 나위 없으리라. 왜냐하면, 자신의 속내를 진술하게 털어놓음으로써 정신적 스트레스 따위를 날려 보내고 마음의 위안을 받으리라는 이유에서 하는 얘기이다.

개인주의가 만연한 현실에서 노령층의 질 높은 삶을 위해 살뜰한 이웃과 더불어 대화를 주고받을 여건이 조성된다면 매우 바람직하다. 하지만 이웃 간에 대화 시스템이 단절된 때문에 독거獨居하며 삶을 꾸리다가 외로움을 이겨 내지 못하고 스스로 극단적인 선택을 해 사회에 경종을 울리는 심각한 지경까지 이르렀다.

가까운 일본에서 일어났던 일이다. 어떤 독거노인이 기거하는 것만 알고 있을 뿐 무엇을 생각하고 무슨 일을 하는지 어느 누구도 알지 못했다. 그 같은 상황에서 일주일이 지나서야 그 노인이 사망한 사실을 발견하고 가족과 주위 사람들이 매우 안타까워한 사건이 발생했었다. 이러한 죽음은 외로움과 처절하게 싸우던 모습을 연상케 하는 고독사孤獨死의 대표적인 예이다.

독거노인의 현실은 단위 가족 체제가 아니라 '가족 괴리'라고 명명하고 싶다. 여기서 '가족 괴리'라는 개념은 "완전히 떨어져서 독립된 삶을 영위해야 한다. 그러므로 어느 누구의 도움 없이 스스로 모든 것을 결정하고 판단하여 삶을 꾸려야 하는 독거노인들을 일컫는" 사견私見이다.

이들 '가족 괴리' 어르신들은 기본적인 생활이 가능한 금전적인 여유가 있을지라도 삶에 만족하지 못한다. 또한, 삶의 방식에서도 어려움을 겪고 있는 상황이다. 따라서 외로움을 극복하지 못할 뿐 아니라 미래에 대한 희망을 잃은 삶을 지속하는 관계로 연명 수준에 머물고 있을 뿐이다.

노인복지는 작은 것부터 시작하여 만족도를 높여 삶의 질을 향상할 수 있도록 노력하는 시스템이 필요하다. 날씨가 점점 추워지는 계절이 되면 노인들에게 따뜻한 손길이 절실해질 때라는 것을 알고 있다. 지금은 비록 도움이 절실한 처지이지만 지난날 우리의 경제를 일으키고 성장시키던 주역이었음을 잊어서는 안 될 일이다. 이런 이유에서 병약한 처지에 놓인 소외된 어르신들에게 따뜻한 위로와 존경의 마음을 담아서 도움의 손길을 내미는 슬기로움이 필요하다.

지팡이가 되자

들판에 곡식이 풍요롭게 무르익어갈 때는 쓸모 있는 땅이라고 고마워한다. 그러나 그 곡식을 거둬들인 뒤 한

겨울이 되면 쓸모없는 동토의 땅이라고 푸대접하는 어리석음은 범하지 않아야 한다. 이처럼 어려운 처지에 놓인 이들에게 관심과 마음의 지팡이가 되어야 한다.

사람은 언젠가는 늙고 병들게 마련이다. 따라서 누구라도 영원히 젊은이로만 남아 있을 수 없다. 그러므로 세월 따라 시나브로 병약하고 힘없는 노인이 될 수밖에 없다는 사실을 망각하는 어리석음을 범하지 않아야 하리라.

산업역군 또는 가장의 역할을 위해 젊음을 바치고 강제 퇴역당한 이들이 퇴직자들이다. 그럼에도 그 집단이 설 자리는 어디에도 없다. 이런 퇴직자들을 위해 공공 또는 사적 복지기관의 따스한 손길이 필요하다. 오갈 데 없어 이방인처럼 겉도는 그들에게 관심을 가지고 대화를 나누는 말동무가 된다든지, 겪고 있는 어려움을 함께 해결하기 위한 도움의 손길을 내미는 것은 매우 가치 있는 일이다.

아흔아홉 마리의 양보다 한 마리의 양이 소중하듯이 단 한 사람이라도 올곧은 도움을 받게 된다면 사실 새로운 세계를 맛보게 하는 경우와 다른 바 없다. 그런데 말동무가 되어 주는 것으로 충분하다. 구태여 도움이 크거나 거창할 이유는 없다. 소소한 일상에서 생각보다 큰 보람을 얻는 경우가 허다하다. 그와 같은 소확행小確幸의 예이다.

문맹인 노인에게 글을 깨우치게 하여 어느 날 갑자기 자기 집 앞 미장원의 간판 글씨를 '대구미장원'이라고 읽게 된다면 심 봉사가 눈을 뜨는 격이리라. 어디 그뿐이겠는가. 숫자를 읽고 셈하는 방법을 깨우치고 전자계산기 사용법을 가까스로 터득했을 때 한 단 1,250원 하는 파 13단이면 얼마인지를 금세 계산을 했다고 하자. 아마도 그 희열은 상상을 초월하리라.

현재 대구교육청 관내 3개 초등학교에서는 일정한 수준의 대상자가 1년의 교육과정을 착실하게 이수하면 초등학력을 인정하여 졸업장을 수여하고 있다. 이렇게 소정의 교육과정을 이수하면 중학교에 진학도 할 수 있다. 그렇게 뒤늦게 초등학교 졸업을 인정받은 학생 중에는 오래전에 운전면허를 취득했지만, 초등학교 졸업장이 없어 중학교에 진학하지 못했던 한을 풀 수도 있으리라.

어려운 처지에 놓인 어르신들을 가정에서 부양하는 게 가장 바람직하다. 그러나 그럴 형편이 되지 못해 육체적으로나 정신적인 어려움을 겪고 있는 어르신들께 평안한 여생을 보낼 수 있는 환경의 보금자리를 만들어 드리려는 부단한 노력이 필요하다. 왜냐하면, 기하급수적으로 늘어나는 노령층으로 미구에 다가올 초고령 사회에서 보편적 복지의 기반을 선제적으로 준비하는 첩경이기 때문이다.

물론 의지가지없는 이들의 아름다운 노후가 행복한 삶을 위한 씨앗을 뿌릴 수 있는 곳이 된다면 가장 바람직하다. 하지만 공기가 맑고 아름다운 산야를 조망할 수 있으며 교통이 편리하고 접근성이 좋아 가족들이 찾아오기 쉬운 곳은 드물다. 한편, 가족 모두가 각자의 일에 얽매여 옴짝달싹하기 어려운 사회적 메커니즘에 적응해야 하는 현실일지라도 병약한 독거노인들을 적극적으로 돌볼 방안이 마련되어야 한다.

2. 7 문화가 보이는 식판

'모든 사람은 의식주를 비롯해 의료 등의 필수 사회 서비스를 위시해서 자신과 가족의 건강 및 안녕을 위해 충분한 생활 수준을 누릴 권리를 갖는다'라는 요지의 세계 인권선언Universal Declaration of Human Rights이 발표된 게 1948년이다.

그로부터 70년의 세월이 흘렀고, 세계는 변화했다. 그동안 경제와 과학, 의학 등 모든 분야의 발전이 급속도로 진전되면서 지구촌이 거대한 마천루가 되었다. 그러나 아직 70년 전의 모습에 머무는 곳도 많아 전쟁과 기아와 질병으로 신음하며 고통을 겪는 경우도 숱하다. 그런가 하면 단돈 몇만 원만 있으면 쉽게 살릴 수 있는 질병과 굶주림으로 수만 명의 아이가 죽어가는 것 또한 지구촌의 일그러진 자화상의 단면이다.

무료급식 봉사를 하면서 참으로 많은 생각에 사로잡히기도 한다. 내가 가지고 있는 무료급식의 꿈에 다다르기엔 만만치 않은 현실적인 벽에 부딪히고 절망할 때도 많았다. 하지만 또 열심히 하다 보면 '언젠가 목표를 이룰 때가 있겠지' 하는 희망으로 다시 기운을 내보기도 한다.

내가 가진 무료급식의 목표는 소셜 다이닝social dinning 개념으로써의 무료급식이다. 급식하는 날 풍경이다. 배식시간이 12시부터인 줄 알면서도 어르신들은 10시가 되기 전에 나와서 기다린다. 처음에는 날씨도 더운데 시원한 집에 계시다가 시간 맞춰 나오면 고생 안 하고 좋을 텐데 하는 생각을 했었다. 그러나 한두 해가 지나면서 어르신들 스스로가 소셜 다이닝을 직접 만들고 체험하고 계신 것이라는 생각이 들었다.

이웃이나 친구끼리 연락하여 밥 먹으러 같이 가자고 소통도 하고, 일찌감치 오셔서 현장 구경 겸 간섭(?)도 하고, 기다리면서 주변에 모인 사람들과 정보도 교환하고, 음악 공연이 있을 땐 손뼉도 치고 춤도 추면서 하루를 보내는 모습을 멀찍이 건너다보면서 아하! 멀리 갈 것도 없이 이것이 소셜 다이닝이구나 무릎을 칠 때가 많았다.

무료급식에 담긴 소속감, 이것이 섬김이다.

무료급식은 배고픔을 면하기 위한 단순한 한 끼의 밥이 아니다. 그것은 일상이 새로울 것 없이 무료하고 적적한 어르신들을 공동체의 마당으로 손을 잡고 이끌어내는 데 그 의의가 있다. 또한, 많은 사람이 자신을 위해서 기꺼이 후원금을 내고, 빡빡한 시간을 할애해 자원봉사하는 현장을 보면서, 사회의 구성원으로 존중받고 있다는 자존감과 소속감을 느끼게 되는 것이다.

"식판 속에 문화가 보인다" 이 말을 나는 좋아한다. 무료로 제공된 한 끼의 밥일지라도 영양과 정성이 듬뿍 들어간 식판, 정갈한 테이블에서 문화공연을 즐기며 소소한 행복을 만끽하는 무료급식 날의 하루이다. 이 목표를 이루는 데는 여러 가지 어려움이 따른다. 예를 들면 재원이 필요한 것은 두말할 것도 없고, 무료급식의 꽃인 자원봉사자의 힘이 절실히 필요하다.

우리는 전쟁의 폐허 위에 급속한 산업 성장으로 선진국의 문턱까지 진입했다. 이런 현실에서 사회적으로 요구되는 것이 '노블레스 오블리주noblesse oblige'의 실천이다. 다른 사람보다 여유 있는 사람의 의무인 '내가 가진 것을 사회에 환원한다'라는 자세로 자신이 가진 능력이나 재화는 오로지 자신만을 위한 것이 아니다. 그것은 이웃과 함께 나누어야 할 '사회적 자산'임을 인식하여 노블레스 오블리주를 실천해 갈 때, 진정한 선진국이 되지 않을까 싶다. 힘들지만 즐거운 무료급식 날이다. 아침부터 단단히 마음을 먹고 출근을 서두른다. 그런데 이날은 특별히 용감해지는 날이기도 하다.

2. 8 주는 사랑

어르신 돌봄을 통해 사랑을 주고 받는다

논어에서 '기술자가 일을 잘하려면 반드시 먼저 연장을 예리하게 만들어야 한다고 일렀듯이 인仁을 행하는 것 역시 먼저 의지할 사람이 있어야 한다'고 했다.

성숙하지 못해 진정한 의미의 사랑과 인을 알지 못하는 나는 복지재단을 설립하여 요양원에 의탁依託하신 어르신들을 통해 사랑과 감성을 배웠다. 아주 어린 시절에는 어머니의 그리움으로부터 그리고 그분의 부재 속에 살아야 했던 초등학교 시절에는 할머니 할아버지의 돌봄을 통해 진정한 효의 의미도 어렴풋이 알게 되었다.

내가 또 하나 이루고 싶은 꿈이 있다면 그것은 가족을 비롯한 모든 지인이 서로 사랑을 주고받을 줄 아는 사람이 되어 더불어 살아가는 것이다. 그렇게 마음을 열어놓는 공동체를 소망하며 서로 보듬고 함께 하는 삶을 원한다.

사실 나는 지금 그렇게 사는 듯하다. 그러나 사실은 그런 삶을 누리지 못해 후회하기도 했었다. 그렇게 시간이 지남에 따라 누군가에게 상처를 주고받은 그 모든 것이 사랑의 관계를 지속하고 싶은 무의식의 방어였음을 깨닫게 되었다. 그 이유는 어린 시절 사랑하는 어머니가 함께 살지 못했기 때문이었을 게다. 한편 할머니 할아버지와 함께 지낸 그때를 그리워했다. 그러나 효는 살아계실 때 가능한 것으로 이승을 떠나신 뒤에는 아무리 하고 싶어도 할 수 없는 것이기 때문이다.

효는 형식이 아닌 마음이다

공자가 이르기를 '효는 형식이 아닌 마음에서 우러나오는 것으로 공경이 없다면 진정한 효가 아니다'라고 하지 않았던가! 이는 몸으로 행해야 하는 것이라는 얘기이다. 이런 맥락에서 복지재단 설립하여 요양원에 어르신들을 모시고 효를 다하겠다는 다짐을 했었다. 그런데 생각해 보면 초등학교를 겨우 졸업하고 중고등학교를 검정고시로 마치고 대학과 대학원을 졸업할 때까지 그 꿈을 마음속에 간직만 하고 있었다.

꿈을 실천할 방법을 몰랐을지라도 신념만은 잃지 않았다. 그런 때문에 험한 산을 넘을 때도, 질풍노도의 시련에 처해도 결코 꿈을 포기하거나 바꾸지 않았다. 동전의 앞면을 원한다면, 앞면이 나올 때까지 던지면 되듯이 뒷면이 나왔다고 해서 실망할 필요가 없었다. 이는 실현될 때까지 기다리고 기다린다는 집념의 산물이었다.

어려웠던 어린 시절에 받고 싶었던 사랑을 이제 어르신들을 돌보며 나누고 있다. 지금으로부터 56년 전의 일이다. 아직은 엄마의 품에서 뛰어놀아야 하는 다섯 살배기는 영문도 모르는 채 어머니와 헤어져 할머니와 살아야 했다.

장날이면 나누던 할머니와의 사랑

초등학생이 되면서 장날이면 할머니와 리어카에 감자 3가마니를 싣고 앞에서 끌고 뒤에서 밀며 십여 리 길을 가서 종일 감자를 팔았다. 그러던 중 어느 날 어둑어둑 해 질 무렵 장사를 마치고 돌아오려던 무렵이었다. 할머니가 벙어리 털장갑을 사서 줄을 매어 목에 걸어 주셨다. 그 사랑은 지금 회상해도 마냥 따뜻하게 느껴진다. 어떤 날은 종일 감자 팔아서 할머니를 기다리던 내게 소다 빵을 사주시기도 했다. 그 따스한 정이 아직도 오롯이 내 추억의 곳간에 살아 숨 쉬고 있다. 할머니 할아버지의 돌봄은 보고도 싶고 울고도 싶었던 어머니에 대한 유년의 상처를 덧나거나 병들지 않게 했다.

지난 인고의 역정歷程 속에서도 꿈의 실현이라는 처음의 가치를 버리지 않았다. 그 때문에 지금 마음속 어린 시절의 그리움은 사랑을 키워가는 원동력이 되었다. 이를 바탕으로 원대한 꿈을 꾸며 천천히 하나씩 이루어 가고 있다. 소다 빵을 먹으며 좋아하던 그 아이가 자라 이순耳順이 된 지금 금화복지재단을 설립해서 '존엄·행복·감성 케어'를 목표로 어르신들과 함께 즐겁게 살고 있다. 이 같은 삶과 일이 나를 행복의 유토피아로 인도하고 있다.

2. 9 꿈의 동산을 돌아보며

왜? 끊임없이 생각하며 '일'을 하느냐고 묻는다면 이렇게 대답할 것이다. "세상을 향해 마음의 빗장을 풀고 삶의 의미를 잃고 방황하는 사람들과 소통하며 사랑하고 사랑받고 싶기 때문이라고". 가슴에 묻고 있던 지난 감정은 훌훌 털어 버리고 지난 시간들을 놔버리고 싶다. 또한, 가슴에 묻어두었던 지난 감정의 찌꺼기들을 미련 없이 떨쳐버리고 과거를 놔버리고 싶어 달빛이 내리는 꿈의 동산에 별이 쏟아지는 숲으로 만든다.

어둠 속 허기짐과 기갈의 여정, 홀로 외롭게 걷던 나날들이었다. 지난 세월에 대해 다 말할 수는 없다. 하지만 힘들었던 절망과 좌절을 곱씹기도 했고 가슴에는 겹겹이 쌓인 두터운 앙금도 있었다. 불꽃 같은 열정으로 부수고 성공의 길을 갈망하며 스스로에 대한 믿음이 삶을 결정 짓는다는 믿음으로 목표를 세워 포기하지 않고 실천했다.

긴 시간 달려왔지만, 여전히 달리고 달리련다. 이루고자 하는 또 다른 목표와 꿈이 남아 있기 때문에 이 순간 다시 뜨겁게 열정을 다하고 싶어 나약해질까 두려운 마음을 달래며 꿈의 정원을 돌아본다.

2. 10 떠남이 회복

떠남이 인간의 본성이라 했다

인간 본성 중에 여행이 있다. 지루한 일상에서 벗어나 자유를 누리고 싶기 때문이리라. 요즘과 같이 코로나19에 갇혀있어야 하는 상황에서는 더욱 절실하다. 며칠 또는 몇 시간 동안 평소와 다른 여행지에서 일상을 즐기고 싶은 욕망을 잠재우기 어려울 게다.

나의 본성도 다르지 않다. 지루한 일상에서 떠나보기로 했다. 코로나19 때문에 여태와는 다른 여행 방법을 찾아봤다. 조용하고 한적하여 애써 실천을 하지 않아도 사회적 거리가 되는 그런 여행이다. 눈 속에 고요히 잠들어 한적한 산사를 찾았다.

친구와 먼 거리를 달려 또 다른 친구를 만나러 갔다. 그리고 그곳에서 어울려 친구들과 마음을 나눴다. 홀쩍

나들이 나와 친구들과 이런저런 추억 거리를 만들었다. 어렸을 때부터 꿈꿔오던 친구와 여행을 60에서야 해보는 일이다. 20대의 젊음과 낭만이 잠시 스쳐 간다.

코로나19 시대에 호젓하게 즐겨보는 일상에서의 떠남이었다. 떠남이 아니라 회복인 것을 확인하게 되었다. 이것이 바로 인간이 가지고 있는 생존 능력을 실현하는 것이기에 더욱 그러하다.

차창 밖으로 따라 달려오는 눈꽃 입은 가로수들이 말을 건네 온다. 우리는 행복을 지속할 수 있을까? 처음 시작할 때보다 시간은 빨리 움직인다. 지난 세월에서 느껴보지 못한 별난 세상, 혼자만 흐느적거리는 기분이었다. 돌아오는 길에 친구는 (남정네들이지만) 친정어무이처럼 쌀과 콩을 비롯해서 반찬들을 가득히 안겨줬다.

서로의 가슴을 활짝 열고 정을 한껏 나누는 밤을 보내며 심심상인心心相印의 소통을 했다. 그 과정에서 호오好惡를 초월하여 다가올 미래에 돈독한 우정을 위해 서로를 확인하며 마음을 다지는 자리이기도 했다.

2. 11 출구전략 없는 출구전략

무소의 뿔처럼 혼자서 가라

훗날 손주에게 말해주고 싶다. "홀로 행하고 게으르지

않았으며, 비난과 조롱에 위축되지 않았고, 칭찬에 우쭐대지 않았다"라고.

(중략) 꾸밈없이 진실을 말하면서

(중략) 최고의 목적에 도달하기 위해 노력 정진하고 마음의 안일을 물리치고

(중략) 학문을 닦고 마음을 안정시켜

(중략) 소리에 놀라지 않는 사자와 같이,

그물에 걸리지 않는 바람과 같이, 흙탕물에 더럽히지 않는 연꽃과 같이

"무소의 뿔처럼 혼자서 가라".

사경 숫타니파타sutta-nipata에 나오는 구절이다. 직진형 성격인 나를 대변해 주는 것 같아 좋아하는 문장이다. 새로운 일을 할 때마다 주변 사람들로부터 많은 오해를 받는다.

'더 많은 돈을 벌기 위해', '돈만 모으려 하네', '자랑질 하네', '잘난 척한다' 따위의 얼토당토않은 모함과 시기를 받을 때마다 마음은 속상하고 괴롭다. 어떤 사람들은 내 비전과 도전의 결실을 나르시시즘narcissism으로 무시하고 그것을 '자랑질'이라고 치부하기도 한다.

우리 가족도 마냥 현실에 안주하는 편안한 삶만 바라는 눈치이다. 부의 축적이 현실에 안주하는 것이 아니라 정말 살고 싶은 삶을 살기 위해 살아왔다는 것을 이해하지 못한다.

무엇이든 성공해야 한다는 생각 때문에 물러서야 할 때 그렇게 하지 못해서 잃어버린 것들이 많다. 그래도 그것이 원동력이 되어 일에 몰입하게 한다. 맡은 일에

최선을 다하며 인정을 받고자 하는 강한 욕구가 나의 큰 장점이자 때로는 단점이 되기도 한다.

우직한 성격 때문에 출구전략出口戰略: exit strategy은 비위에 맞지 않는다. 약한 동물들이 포식자를 피하기 위해 비밀 통로를 만드는 출구전략 따위는 애초부터 나와는 거리가 멀다. 어떠한 전략도 없이 화투판에서 흔히 말하는 '못 먹어도 고~' 식으로 무소의 뿔을 들이밀고 보는 성격이다. 이 같은 성격과 신념 때문에 오해도 많이 받고 손해도 본다. 하지만 어쩔 수 없는 일이 아닌가.

지금 하는 일은 학교를 위시해서 비영리사업이므로 이윤 추구와는 궤軌를 달리한다. 한마디로 격格과 결이 다르다. 그래서 영리를 목적으로 하는 사업과는 사뭇 다르다. 삶의 진정한 의미를 느끼게 하고 보람을 안겨준다. 주변과 가족의 반대 속에서 나도 모르게 내면에서는 충돌하기도 하고 갈등도 겪었다. 하지만 내가 원하는 삶의 가치 선택을 후회하지 않는다. 더 나은 미래와 삶의 가치 실현을 위해 지금의 일이 비록 경제적 이득이 없더라도 어찌 열심히 매진하지 않으리.

가치 추구를 향해 오늘도 달린다

가치관을 실현하기 위해 "이상은 높게 실행은 작은 것부터"를 일찌감치 원칙으로 정하고 오로지 한길만을 고집하고 있다. 자발적으로 최고 수준의 목표를 세우고 끈질기게 성취해 나가며 뚜벅뚜벅 가고 있다. 처음에는 우선 빈곤에서 벗어나야 했다. 가족의 안녕을 위해 부를 쌓아야 했다. 그래서 사회복지법인을 운영하기 전에 끊임없는 노력으로 부를 축적할 수 있었고 인고의 결과로 가족에게 안정된 삶을 누릴 수 있도록 만들었다. 그러나 시간이 지나면서 풍요로운 현실의 안정과는 달리 내면은 텅 비어 있었다. 공허하기만 했다.

기쁨과 보람이 있는 삶을 추구해야 한다. 또한, 사랑이 실천되는 삶이어야 한다. 그럼에도 기쁨과 보람 그리고 사랑의 실천이 없었기 때문에 참 행복을 맛볼 수 없는 삶으로 공허함 그 자체였다. 이 사실을 깨달았고 사랑의 실천을 통해 보람 있고 가치 있는 일상으로 자리매김해 나가고 있다. 이제는 행복이 뭔지 조금씩 깨우쳐 가고 있다는 생각이 든다.

출구전략을 사용하지 않는다고 했다. 아니다. 출구전략을 쓰지 않는 것이 바로 출구전략이었다. 우직한 성격 때문에 다른 사람이 사십 년 오십 년 걸려서 이룰 일도 십 년 만에 이룰 수 있었다. 성공 경험을 반추하며 위로를 받으면서 나 자신에게 스스로 면죄부를 주곤 한다. 무소의 뿔처럼 혼자라도 뚜벅뚜벅 걸어가는 이것이 나의 출구전략이라면 전략이다.

봉사하면서 많은 생각을 한다. 어떤 상황에서도 달라지지 않는 나를 통해 실천하고 행동하며, 다양한 기술과 역할을 하면서 사회의 일원으로 나아가야 할 것인가. 아니면 사회사업 목적인 인간 존엄성 구현에 동참하면서 나의 모든 것을 많은 사람과 함께 나누는 삶을 실천하며 신바람 나게 살 것인지를 고민한다. 그렇지만 감히 나는 다짐한다. 최선을 다해 봉사하면서 "함께 하는 아름다운 인생"으로 채워 나아가리라고.

"소리에 놀라지 않는 사자처럼, 그물에 걸리지 않는 바람처럼, 마치 코뿔소의 뿔처럼, 진흙에 더럽히지 않는 연꽃처럼 무소의 뿔처럼 혼자서 가라". 이 말은 꿈과 목표를 이루기 위해 주위의 간섭이나 유혹에 흔들리지 않고 우직하게 황소걸음을 하는 내 인생의 철학이기도 하다. 나는 꼭 이렇게 말하고 싶다. "이 시대에 가장 중요한 가치가 뭔지 열심히 찾고, 자신 있게 실현하라고."

3부. 삶의 의미와 해석

3.1 삶의 의미와 해석

오늘은 인생 여정표의 하루

우리는 "삶을 어떻게 이해하고, 해석하는가", "실수 없이 인생을 살 수는 없을까"라는 화두를 던지기도 한다. 그리고 살아가면서 알게 된다. "인간은 실수에 대한 두려움이 없이 행동할 수 없다"라는 것을 말이다.

인생에서 결과는 늘 불확실하다. 그것을 예측한다는 것은 불가능하다. 그래서 우리는 삶을 선택한다. 삶은 마치 사랑하는 것처럼 실수할 가능성이 있고 실패의 위험도 도처에 도사리고 있다. 때문에 삶을 즐겨야 한다. 또한, 작가가 작품을 써 내려가듯이 인생을 스스로 써 내려가야 한다. 이런 맥락에서 스스로 자신의 선택으로 삶을 이해하고 해석해야 한다.

의지와 선택 그리고 책임을 소유한 존재다. 우리는 우리 삶의 연출자이고 연기자이기에 멋지게 창조해 내야 한다. 오늘의 삶도 인생 여정표의 하나이기에 주인공으로 살아가려 한다. 내 삶에 신뢰를 두고 말이다.

삶의 해석

여행길에 간간이 험준한 악산도 만나고 높은 파도가 몰아치는 바다를 만나기도 한다. 이처럼 인생길도 순간순간 찾아오는 고통과 위험과 맞닥뜨리게 마련이다. 어떤 이는 옛날 일을 반추하며 행복해하고, 어떤 이는 옛날 일을 떠올리기 싫어한다. 또한, 어떤 날에 감사한 이가 있는가 하면, 되돌아보기만 해도 아직 아물지 않은 상처가 떠올라 진저리를 치기도 한다.

올무에 걸렸던 두 마리 새가 가까스로 벗어날 경우 하늘을 마음껏 나는 새가 있는가 하면, 너무 놀란 나머지 처마 끝에 앉아 꼼짝달싹하지도 못하는 새가 있게 마련이다.

인생이란 그 자체가 평탄한 길이 결코 아니다. 곤경에 처하여 사면초가 신세가 될지라도 정신을 차리고 살아 있는 한 언젠가 세상은 바뀐다. 이런 관점에서 삶이란 이해하고 해석하기에 따라 달라진다. "삶을 어떻게 이해하고 해석하는가" 또는 "삶을 신뢰하고 이해하고 해석하는가"를 생각할 때마다 빈자리가 있다.

삶은 내 편이다. 내가 특별하지 않아도 삶은 내 편이다. 내 이해와 해석이 어떤 어려운 상황에서도 소망을 가지고 헤쳐 나갈 수 있다. 늘 내 편으로 어디서나 어떤 상황에서나 삶은 나를 신뢰한다.

삼국지에서 장비는 당양교 위에서 홀몸으로 조조의 10만 대군의 추격을 막아냈다. 삶의 다리 위에 홀로 있을 때가 있다. 장비는 주어진 상황을 신뢰했다. 주변의 숲을 의지했고 자신의 용맹을 믿었다.

내 주변에 펼쳐진 숲은 무엇일까. 또한, 믿음의 대상은 무엇일까. 삶을 '신뢰'로 이해하고 해석한다는 것은 담대하다. 그래서 어떤 상황도 마주할 수 있다. 그리고 지나온 시간을 추억할 수 있고 감사로 떠올릴 수 있다. 그러므로 감사로 이해하고 해석할 수 있다. "삶은 언제나 나의 편 다시 말해 내 편이다. 꿈을 심는 자의 편이다. 결국, 목표를 지향하는 자의 편에 삶이 인생으로 있다."

오후의 낙서

무엇을 먹느냐보다 누구와 먹느냐가 중요하다. 또한, 어디에 있느냐보다 누구와 있느냐가 중요하다. 그리고 어디에 도착했느냐보다 어디를 향하고 있느냐가 중요하다. 삶이 꼭 그렇다.

어스름한 해거름 추적추적 비가 내리는데 굽은 산길을 돌아 '스승님이 계시겠지!' 생각하고 전화를 돌려 본다. 멀리 여행 중이지만 전화기 너머로 들려오는 반가운 목소리에 안도한다. 만남을 약속하고 다시 굽은 숲길을 돌아 풀밭 들꽃 자태에 잠시 머물러 본다. 그친 비에 풀밭 저쪽 하늘가에 드리워진 하얀 구름이 한가로이 오가는 재색 하늘이 아름답다.

무엇을 먹느냐보다 누구와 먹느냐가 중요하고, 어디에 있느냐보다 누구와 있느냐가 중요하다. 그리고 어디에 도착했느냐보다 어디를 향하고 있느냐가 중요하기 때문에….

3. 2 생활 속 이야기

불확실성 시대, 비대면 언택트 사회

불확실성 시대에 비대면 언택트 사회에서 복지 서비스 형태는 "비대면 일상화 속에서의 사회복지 서비스"이다. 기존의 복지 서비스 형태로 환원을 위한 최소의 필요 충족조건인 "집단 면역 형성은 언제쯤일까?"가 초미의 관심사이다.

"백신을 접종해도 돌파 감염자가 발생하고, 심지어 백신 접종자 가운데 사망자가 나오고 있다. 이유는 불명확하다."

오늘 우리가 사는 현대는 그야말로 '초불확실성의 시대'이다. 첨단과학과 기술사회라는 지금 그동안 신줏단지처럼 믿어왔던 사실이나 원칙들을 믿기 어렵게 된 경우가 숱하다. 이 같은 상황에 처함으로써 다양한 분야에서 신뢰가 무너지거나 의심이 가중되고 있다. 때문에 내일에 대한 예측이 어려워져 혼돈이 야기되는 혼란스러운 세월이 되었다.

영국의 학자 존 케네스 갈브레이스John Keneth Galbraith가 쓴 《불확실성의 시대》라는 책에서 지적한 바와 같은 불확실성 시대가 바로 지금이다.

백신으로 현재의 바이러스를 종식된다면 그 다음은 어떻게 해야 할까? 우리의 삶에서 무슨 일이 일어날지 모른다. 아울러 장담할 수도 없다. 코로나19 종식 후에 가까운 내일을 위시해서 먼 미래가 어떻게 될지 아무도 속단할 수 없다. 이런 관점에서 매우 불확실한 시대를 살아가고 있다고 말할 수 있다. 이로 인해서 사람들은 하나같이 '사회 보장'과 '사회 보호'를 원한다.

'사회 보장 혹은 사회 보호는 어떻게 해야 할까'가 중차대한 화두이다. 한편 '사회복지인 들은 어떻게 살아가야 할까?' 그리고 '사회복지는 어떠해야 할까?' 사회적인 패러다임이 바뀜에 걸맞게 사회복지도 변해야 한다. 이런 시대적 변화에 합당하게 새로운 존재 방식을 모색해야 한다. 그리고 팬데믹 영향으로 모든 분야에서 새로운 존재 방식을 찾아야 하듯이 복지도 이 위기의 시대에 새로운 유기체로 변모해야 한다.

그동안의 고립과 분리는 우리를 우울하게 한다. 불확실성 시대에 진정한 사회복지시설은 무엇이고 사회복지사는 누구일까라는 성찰이 전제되어야 한다.

이젠 보호시설의 개념이 달라져야 한다. 내 집이 보호시설이어야 하고 보호시설이 내 집이어야 한다. 다시 말하면 사회복지시설이 내 집이어야 하고 내 가정이야 하며 내 가족이어야 한다는 논리와 철학이다. 불안할 때 그 불안을 이겨 낼 방안은 믿어주는 신뢰밖에 없다. 서로 마주 바라볼 수 있는 진정한 이웃이 되어야 한다.

팬데믹은 분명 위기이다. 그런데 위기는 그것을 관리하는 주체가 어떻게 대처하느냐가 매우 중요하다. 위기관리 주체는 인간이 만든 유기체이다. 그것은 한 사람 개인일 수도 있고, 가정공동체일 수도 있다. 또한, 사회기관일 수도 있고, 사회 시설일 수도 있으며 나라와 국가일 수도 있다. 이 모두는 약자의 보호기관이 되어야 한다.

노인복지시설도 위기관리 주체이다. 동시에 보호기관

이기도 하다. 늘 푸른 실버타운의 금잔화 꽃밭에서 숨바꼭질하는 양이와 맛난 식사 중인 양이를 흐뭇한 마음으로 지켜보며 흡족하다.

집에서 혼자 보내는 시간이 길어질수록 어르신들은 점점 고독감이나 우울감을 강하게 호소하게 마련이다. 노인복지시설과 같은 위기관리 주체가 적극적으로 활동할 필요가 있다. 어르신들에 대한 전문 지식을 가진 사회복지사와 요양보호사가 돌봄을 이어가야 한다.

기억과 웃음을 잃어 가는 어르신들께 기억을 되살리려 애를 쓰고, 웃음을 되찾도록 최선을 다하는 위기관리 주체자들이 있다. 바로 요양보호사와 사회복지사들이다. 아직 크게 각광받지 못하는 그들에게 큰 응원의 박수를 보내고 싶다. 이들은 불확실성 시대에 외로운 사람들과 어르신들의 친구이다. 아울러 그들은 진정한 우리 이웃이고 자녀이다. 이들이 정신적 백신이고 마음의 백신이다. 비대면 시대가 가속화되어가는 이때 최선을 다하는 그들에게 깊은 감사와 응원하고 싶다.

어르신들과 함께 보내는 겨울밤 이야기

밤을 지새워야 새벽에 이른다. 우리는 지난 1년을 누구나 할 것 없이 코로나19 때문에 고난을 당해 고생하고 있다. 다시 말하면 코로나 블루corona blue를 겪는다는 얘기이다. 코로나19가 '우울감[blue]'을 유행시키고 있다. 생업의 기초가 송두리째 무너짐으로써 희망조차 가질 수 없는 불행한 사태가 생겨나고 있다. 멀쩡한 가게가 어느 날 사라져버린 곳도 숱하게 발생한다. 이런 정황을 적나라하게 나타내는 표현들이다.

"폐쇄된 곳", "닫힌 곳", "멈춘 시간", "역행하는 시간"

갑자기 누군가 혹은 무엇인가가 나타나 희망을 주기를 바라는 현실이다. 하지만 어디에도 솔로몬의 지혜나 산타클로스는 없었다. 인류가 자랑해온 현대과학이 우여곡절 끝에 만들어 낸 "백신이 있다." 하지만 무턱대고 믿을 수 없다는 우울한 소식이다. 해괴한 괴질怪疾의 패악질이 심해지면서 놀이터에서 손잡고, 당기고, 넘어지고, 자빠지며 노닐던 어린이들이 슬그머니 사라졌다.

어렵사리 지난 2년 가까이 지나온 터널은 너무나 많은 시련과 절망을 안겨주고 있다. 하지만 우리는 알고 있다. '밤을 통과해야 새벽에 이른다'라는 사실을 체험을 통해서 이미 깨닫고 있다.

인류는 빈곤에서 탈출했다. 하지만 글로벌 시민이나 글로벌 인류로서 부족하다는 사실을 잘 인지하고 있다. 그래서 앞으로 수년 동안 절망하지 않도록 지금 담금질을 당하며 강해지려는 시련쯤으로 치부하련다. 따라서 우리 모두 이 밤을 무사히 지새우면 찬연한 새벽의 서광을 마주하리라는 꿈을 꾸면서 코로나 블루가 분탕질하는 현실을 온몸으로 견뎌내고 있다.

3. 3 땀이 향기로 날아간다

땀이 향기로 날아간다. 노동은 삶의 보람으로 확장되는 길이다. 아직 동이 틀 기미도 보이지 않는 꼭두새벽에 일찍 일어남은 하고 싶은 일을 빨리하고 싶어서다. 나는 할 일을 생각하며 기대와 흥분 속에 설레는 마음으로 재단을 향해 달려간다.

해가 밝아오기 전 신나게 일을 한다. 날이 밝아오며 해가 담장에 걸리면 더 신난다. 금화동산 식구들과 나누는 비전은 더더욱 즐겁다. 잠이 아까워 새벽을 기다리는 내 모습을 어떤 이들은 일 중독이라고 한다. 하지만 그게 아니다. 그리고 그게 내게는 진정한 행복이라 말해주고 싶다.

좋아하는 일에 몰입하는 것이 행복이다. 행복은 좋아하는 일에 몰입해서 신나게 일하는 것이다. 아울러 그것이 성취되어 열매 맺는 것을 확인하는 게 또한 행복이리라. 나는 이렇게 살아왔고 앞으로도 그리 살 참이다.

현재에 몰입하면 그게 행복이라는 것을 안다. 주어진 일에 열정으로 몰입했더니 행복이 찾아왔다. 그렇게 찾은 행복이 다시 열정적으로 일에 몰입하게 했다. 이런 내게 사람들이 건네는 말이다. "언제나 희망차 보인다"고. 나는 이 말이 참 좋다. 노동은 삶의 보람으로 확장되는 길이다. 그래서 지금도 나는 아침이면 일찍 일어나고 싶다.

자연환경을 가꾸고 숲이 우거지면 새가 날아오게 마련이다. 그와 같이 금화동산에 사람이 모여들어 모두 행복해지길 바라며 아름다운 환경 조성에 모두걸기한다. 그런데 아름답게 꾸미며 가꾸는 일은 노동이다. 이 노동은 내가 제일 잘하는 분야이기도 하다. 신바람이 나서 일에 몰두하다 보면 자신감이 생기고 목표가 이루어지면서 에너지가 축적된다. 그렇게 축적된 에너지는 또 다른 목표와 그것을 이뤄낼 아이디어도 만들어진다.

일에서 삶의 가치를 느끼고 일에서 자존감을 확인한다. 일은 중독이 아니라 삶의 보람으로 확장하는 길이다. 그런 신념에서 끊임없이 생각하며 일을 한다. 왜 일을 하느냐고 묻는다면 "일은 삶의 의미"라고 말하련다. 한편 일은 언제나 성취감을 가져다줬다. 또한, 일은 삶의 보람을 확장하는 통로가 되기도 했다.

삶에서 일은 가장 중요한 원동력이다. 하지만 어떤 사람에게는 일이 고통일 수 있다. 이 경우는 일이 주는 기쁨에 완전히 만족해보지 못했기 때문이다. 그런데 사람은 누구나 자신이 원하는 바가 이루어졌을 때 행복을 느낀다. 그리되려면 먼저 자신의 일을 즐겨야 한다.

즐겁다. 우리는 모두 즐겁다. 어르신이나 복지사를 비롯해 요양사까지 모두 즐거운 금화동산이다. 일을 먹고 사는 문제로 생각한다면 일은 고달픈 생계가 되고 만다. 그런 상황이 되면 거기에서 삶의 의미나 철학을 찾을 수 없다. 때문에 현재의 일에서 보람을 찾아야 한다. 만약 그렇지 못하다면 삶의 의미는 사라지고 인간의 자존감마저 위협받게 된다.

기도하는 마음으로 금화동산 정원을 가꾼다. 나는 모든 일이 즐겁다. 일하지 않으면 비전이 없다. 그런 삶은 공허와 불안만 가져온다.

여름 한 달 불볕더위에 뻘뻘 땀을 쏟아냈다. 그런데 마음은 솜털보다 가볍다. 또 하나의 보람이 쌓였으니 이 더운 날 땀이 향기고 즐거움이다. 어르신들이 즐거우면 내일은 보람이 된다. 테마가 있는 금화동산을 만들고 있다. 산책길이 그야말로 스토리텔링 힐링이다.

우체통을 기증받았다. 거기엔 이런저런 사연이 주저리주저리 담기리라. 그리움에 사무친 시간들을 줄줄이 엮여 삐뚤빼뚤 꼬부랑 글씨로 담기고 지난 세월의 흔적이나 아픔 따위가 서리서리 담길 것이다.

어르신들의 긴 하루가 짧아지길 바라며 조곤조곤 읽어 드린다. 사연을 모아 방송으로 읽어 드리면 귀를 열어 머리와 가슴에 차곡차곡 담으며 끝없이 곱씹는다. 어르신들은 가는 세월이 아쉬운지 툭하면 넋두리를 늘어놓곤 한다. 우체통엔 아련히 사라지려는 기억이 고스란히 갈무리 된다. 그냥 뒤안길로 사라지기 아까운 사연들이 온새미로 똬리를 튼다.

'따르릉 따르릉' 가는 소리 지나칠세라 귓등을 울려주는 전화기이다. '따르릉~~' 저 너머에서 들려오는 반가운 목소리. 오랜만에 동네 할머니에게 전화가 왔네요. "요즘 뭐하나요? 식사는 드셨나요? 아들은 언제 내려오는지요?" 점점 쇠잔해지는 청력을 잡아 주고 싶어 추억의 전화기를 정원에 큼지막하게 세웠다.

저만치서 어르신들이 우체통으로 걸어오면 담긴 소식들이 팔랑팔랑 소리 낼 테니 오늘의 땀이 향기로 날아간다.

3. 4 금화의 철학

25톤의 디딤돌을 쏟아부어 요양원 산책로를 만들었다. 삼복의 불볕더위도 거뜬히 이겨 냈다.

도전 정신은 삶의 에너지다

남들이 가지 않은 길을 개척하고 현실에 안주하지 않고 새로움을 추구하려는 도전 정신이 없다면 결코 꿈꿀 수 없다. 내게는 희망을 추구하려는 진솔한 갈망이 있고 앞으로 나아가고자 하는 정신이 있다. 도전은 젊은 사람들의 특권이 아니다. 어느 누구든지 선택하는 자만이 도전할 수 있다.

현재에 만족한다. 그렇다고 현재에 안주하지는 않는다. 더 높은 목표를 향해 도전하는 것이 내 삶의 철학이다. 나이가 들수록 비전과 꿈이 있어야 한다. 만일 비전과 꿈이 없다면 그저 그렇게 삶에 머물 수밖에 없다. 하지만 도전과 변화는 두려울 수 있다. 또한, 힘들 수도 있다. 하기야 도전 자체가 즐겁기보다 두렵고 힘들기만 할지도 모른다.

도전은 삶의 의미다

나는 미래에 대한 꿈과 비전이 확고하게 정립되어 있

다면 안주하기보다 도전을 선택하며 고민을 한다. '어떤 가치를 내 삶 속에서 만들어 내고 싶은지'에 대해서이다. 생각을 거듭하다가 '삶의 철학을 생각하고 내가 추구하는 열망은 무엇인지'에 대해 의미를 둔다.

뜨거운 불볕더위다. 하지만 괜찮다. 요양원이 더 자연 생태계 환경이 되기를 바라며 새로운 도전을 한다. 도로 공사를 하면서 걷어내고 있는 보도블록을 발견했다. '저걸 가져다가 우리 요양원에 휠체어가 편안히 다닐 수 있게 해야겠다.' 그리고 순간적으로 '내가 만들면 되지'라는 생각이 언뜻 스쳤다. 걷어낸 디딤돌을 버린다는 얘기였다. 부탁해서 25톤 덤프차로 실어왔다. 요양원 마당인 금화동산으로 가지고 왔다. 더운 날씨라서 새벽부터 일을 시작했다.

어린 시절 배운 목수일이 이처럼 요긴하게 쓰인다. 어르신들 휠체어 산책길을 내고, 전화부스에 사랑을 담고 포토존에 추억을 새겼다. 함께 삽이나 연장을 들고 금화 가족들도 함께 신바람이 났다. 게다가 어르신들이 참 좋아하신다.

전화부스를 볼 때마다 치매 때문에 잃어버린 기억을 찾으시면 참 좋겠다는 생각이 든다. 휠체어 산책길을 오가다가 재잘거리는 새소리에 취하여 청력이 돌아오면 좋겠다.

'이제나 오나 저제나 오나' 아들딸을 기다리는 어르신들에게 전화기로 기억을 선물하고 싶었다. 한 달간의 작업으로 관절에 통증이 찾아왔지만 즐거웠다. 팔다리가 욱신거려도 새로운 도전으로 기쁘기만 했다. 어린 내가 지나온 시간들이 모여 예순의 중반에 이르렀다. 세월이 지나 일흔이나 여든 혹은 아흔이 된다 해도 도전을 멈출 생각이 없다. 비전이 있고 꿈이 있기에 말이다.

3.5 인생 친구

같이 행복하고 함께 행복하다.

　네 편 되어 주고 내 편이 되어 준다. '말이 없어도 들리고 눈을 감아도 보인다'. 이런 경지가 바로 '반려'이다. 우리가 교감할 수 있는 대상 가운데 가장 좋은 대상은 바로 사람이다. 그렇지만 인간관계에서 실망스러운 결과와 경험이 쌓이면서 대안을 찾게 마련이 아닐까 하는 생각이 든다. 그렇게 찾은 대상이 개와 고양이 같은 반려동물, 반려 식물이다.

　인간과 가장 교감을 잘 할 수 있는 대상은 여전히 인간이다. 만남과 모임은 낯익은 사람의 낯선 모임 같을 때가 있다. 시간이 지나면 외부에서 온 낯익은 사람들의 모임처럼 될 경우도 있다. 백 년도 못 살 인생을 천년을 살 것처럼 하다 헤어지고 만다. 그러지 말아야 한다.

　처음이라도 본 듯한 모습으로, 처음이라도 함께하고픈 마음으로, 어설픈 만남이라도 설레는 마음으로,

　서툰 말씨라도 진정한 마음으로 천천히 다가갈 수 있어야 한다. 이런 반려의 모습, 반려의 마음을 가져야 한다. 시간을 되돌려 재창조하는 관계는 없어도 앞으로 재구축해야 할 관계는 여전히 남아 있다. 인간관계는 서로의 허물을 덮어주고 좋은 일을 함께할 기회를 만들어야 한다.

　사람은 모두 자신의 시간에 충실하다. 소크라테스는 그리스 아테네의 시간에 충실했다. 그런가 하면 이순신

은 조선의 시간에 충실했다. 위대한 사람은 위대한 대로, 보잘것없는 민초는 민초대로, 각자의 시간에 충실해야 한다. 나도 그랬다. 나는 내 시간에 충실했다.

예순을 넘길 때쯤이면 지인의 전화번호가 가득히 쌓인다. 오랜 세월 동안 교류했던 많은 사람들의 전화번호가 갈무리된다. 그냥 알고 지내는 사람들로서 말 그대로 지인이다. 보통의 경우 예순이 지나도 진정한 벗으로 자리매김 되는 사람은 몇 안 된다. 편이 되어주고, 곁에 있어 주고, 곁으로 달려오고, 어떤 허물도 덮어 줄 수 있는 인생 정예부대 멤버는 드물다. 결국, 반려 친구는 몇 안되게 마련이다.

인생 친구는 반려 친구다

벗의 유형이다. '절친', '편한 친구', '그냥 친구' 등 세 가지 유형이 있다. 여기서 '절친'은 바로 자신이라 할 수 있다. 친구 중에서도 가장 깊은 관계로 친구를 보면 그 사람을 알 수 있다고 하니 바로 자신이라 할 수 있다. 또한 '절친'은 모든 것을 깊이 이해해 줄 수 있다. 아울러 깊은 신뢰로 생을 함께 공유한다.

남성은 중년이 지나야 '절친'을 만나게 되는 경향이 있다고 한다. 융Jung Carl Gustav이 중년 남자의 추구성이 달라짐에 대해 설파했듯이 중년이 되면 추구하는 바도 달라져 심오해진다고 했다. 중년에 만난 친구와 함께 시절을 보내며 자연에서 여유롭게 취미 생활을 하며 우정을 나눈다.

서로 아끼며 존경하고, 힘들 때 서로 돕고, 함께 놀고 어울릴 수 있다. 외우畏友, 밀우密友, 일우昵友가 '절친'이다.

더불어 살아가는 사회에서의 인간관계는 진솔해야 한다. 친구 같은 지인이 많은 시대라지만 서로 아끼며 존경하고, 힘겨움을 덜어주며 함께 놀 수 있는 반려 친구를 만나야 인생이 행복이 이어갈 수 있다.

'짝이 되는 동무, 친구'라는 뜻의 반려이다. 오늘은 반려 친구에 대해 생각했다. 개와 고양이가 반려동물로 인기 있는 이유는 정서적이나 의식적으로 인간과 교감할 수 있기 때문이라고 한다. 교감할 수 있는 대상이 어찌 고양이와 강아지 따위의 동물이나 식물뿐일까. 지금 옆에 있는 사람 그에게 기꺼이 반려의 자리를 내어주는 하루이기를 바라며.

3.6 열정의 순환

열정을 다 하는 사람은
한 곳에만 머물러 있지 않는다.
그리고 열정을 다하는 사람은 일이 재밌다.

일이 재밌는 사람은 순환하고 확장한다. 팀워크가 좋으면 일이 더 재밌다. 일이 잘되면 "손발이 척척 맞는다"라고 한다. 그런데 이번 여름 금화동산 가족들과 어울려 정원을 꾸밀 때 분위기가 그랬다. 목표를 정해놓고 함께 협동해서 이뤄낼 때 가장 재미를 느낀다. 머릿속에 그린 것을 실현하느라 열중할 때 가장 큰 에너지가 솟아나는 것 같다.

일이 좋아서 열정을 다 하는 사람은 한 곳에만 머물러 있지 않는다. 나에게서 너에게로, 개인에게서 공동체, 이 일에서 저 일로 그리고 또 다른 일로 순환하고 확장한다. 나는 매일 아침 맞는 평범하고 작은 일상에서 열정을 쏟다가 기쁨과 행복을 찾아낸다. 이어서 머릿속 그림이 현실로 나타나면 마음에서 기적이 요동치는 것 같다.

사람들은 모두 행복을 찾는다. 그리고 행복해지려고 행복의 조건을 갖추려 한다. 나는 그 조건이라는 것은 일상에서 좋은 생각을 통해 오는 즐거움이라고 본다. 팻말이 제 자리를 지키듯 복지사와 요양사는 언제나 제자리를 지킨다. 그리고 어르신들이 웃으신다. 이런 분위기이기에 하루하루의 일상에서

열정을 다하며 만족하기 때문에 행복한 감정이 감싼다. 만족의 기준이 사람에 따라 물질일 수도 있고 정신적인 것일 수도 있다. 어느 경우이든 매 순간 느끼는 소소한 즐거움이 시나브로 쌓인다면 그것이 행복이 되리라.

뜨거운 여름날 차가운 냉커피 한 잔이나 잘 익은 시원한 수박을 한 조각으로 갈증을 달랜다. 내가 하는 일의 가치를 위해 열정을 다하고, 할 수 있는 일의 가치를 위해 최선을 다했다. 나는 일이 참 좋다. 게다가 내가 하는 일로 즐거워하고 행복해하는 사람들이 있어 더더욱 좋다. 나와 금화동산 가족들의 땀이 어르신들의 평안이 될 터이니까.

특히 이번 여름에 보도블록으로 만든 휠체어 길을 비

롯하여 추억의 전화부스와 우체통은 어르신들께 각별한 존재로 자리매김 되리라. 인생 마지막 여정에 안식을 취하려 찾아오신 어르신들께 마음을 전하는 사랑의 우체통이기 때문이다. 또한, 당신들의 가족이나 금화동산 식구들의 따뜻한 사연을 담은 사랑의 언어가 전화기를 타고 전해지리라는 희망을 상징하고 있다. 전화기 너머 저쪽에서 살갑게 전해질 다정한 목소리를 그리며 어르신들은 어린아이같이 동화 속에서 꿈꾸지 않을까.

사랑을 잇는 전화기는 코로나19에 의해 강제로 수감당한 지난날을 잊게 할 게다. 전화기 너머로 들리는 반가운 목소리가 방송을 타고 전달되어 온새미로 마음의 주머니에 차곡차곡 쟁여져 갈무리 될 것이다.

금화동산 뜰에 피어 있는 금잔화를 어르신들이 천천히 거닐며 감상할 수 있는 환경을 만들었다. 그저 바라만 봐도 감사하고 또 행복감에 젖을 수 있도록 정성을 기울였다. 여름 내내 정성을 쏟아부었던 노력의 결과를 얻는 기쁨은 형용할 수 없었다.

금화동산 정원 공사를 마무리하고 뉘엿뉘엿 넘어가는 해가 만들어 내는 신비스러운 붉은 노을의 장관에 가슴이 뭉클했다. 진하게 밀려오는 감동에 취하여 살아있음의 행복을 한껏 맛보는 기쁨을 누리기도 했다. 한여름 소나기가 시원히 지나가고 깔아놓은 산책길 보도블록이 반듯반듯하니 화장한 새색시 얼굴 같다. 일상의 삶에서 느끼는 내 행복의 실체는 무엇일까. 순간순간 이어 놓은 일의 가치와 삶의 즐거움이 모인 게 아닐까.

사무실 한편에 방송실도 만들었다. 복지사가 방송실

에서 한 자 한 자 읽어 주는 따스한 배려와 소식은 감동으로 메아리칠 것이다. 집에서 날아온 그리움과 만나고픈 마음을 비롯해 사랑과 가족에 대한 사연이기에. '마음이 만나는 통, 그리움이 만나는 통, 정이 통하는 통'이라는 취지에서 이런 멘트를 전한다.

"늘푸른실버타운 우체통은 희망의 우체통입니다.", "늘푸른실버타운 우체통은 사랑의 우체통입니다."

치매로 평소엔 묻어 둔 어르신들의 기억이다. 안쓰러운 상황에 애달프고 절절한 가족 사랑에 누구나 공감하게 마련이다. 그러나 치매 환자를 둔 가정의 어떠한 사랑도 해법이 되지 못하는 안타까운 현실이다. 그렇게 기억이 희미해지거나 잃어 가는 어르신들을 위하여 복지사와 가족들이 파트너가 되어 기억의 통을 채워 드리려 애를 쓰고 있다.

어르신들은 행여나 무슨 소식이라도 전해오려나 귀를 쫑긋하기도 한다. 이분들의 추억의 곳간에 갈무리 된 사연들을 하나하나 소환해서 사랑의 우체통에 사연을 차곡차곡 담아 잊힌 기억을 되살려 보는 시도를 할 심산이다. 이런 취지에서 지금 행복 주머니인 사랑의 우체통에 전달된 사연들을 살짝 꺼내 든다.

일은 또 다른 일로 순환하고 확장해야 한다. 지금의 일에서 더 나아가 교육 분야에 이루고 싶은 또 다른 꿈이 한 가지 더 있다. 평생교육과 교육재단이다. 주위에서 평생교육과 교육재단을 왜 확장하느냐고 묻는다. 그럴 때면 '배웠기에 이제는 남에게 돌려줘야 할 때'라고 대답한다. 왜냐하면, 물이 고이면 썩듯이 무엇이든 고이면 썩는다. 그래서 교육과 복지를 융합하여 순환적 교육복지를 실천하는 것이다. 이것은 내 삶의 정도正道중 하나다.

　나는 재미있게 일을 한다. 일을 재밌게 열심히 하려면 일을 알아야 하는데 일은 즐거울 때 알게 된다. 또한, 일에 몰입하면 안 되던 것도 술술 풀린다. 그리고 몰입은 일이 즐거울 때 가능하다. 그런가 하면 몰입은 일을 순환시키고 확장 시킨다. 그래서 나는 일이 순환되고 확장되는 금화동산이 자랑스럽다.

3. 7 손님맞이 선물

　풍성한 수확을 꿈꾸며 농부는 무더운 여름에도 쉬지 않고 전답에 심은 농작물을 부지런히 가꾼다. 꿈도 마찬가지다. 꿈이 이루어지지 않으면 그것은 일장춘몽으로 부질없는 망상에 지나지 않기 때문에 꿈은 부단히 가꿔야 한다.

　꿈이 있다면 목표를 설정하고 실천해야 소망하는 결과를 얻을 수 있다. 누구나 꿈이 있지만 이루는 사람은 흔치 않다. 그 차이는 그것을 가꾸느냐 아니면 그대로 방치하느냐에 달려 있다. 적극적으로 심고 부지런히 가꿔야 하는 것이 꿈이다. 꿈은 이상으로 그리는 미래의 모습으로 명확히 바꾸고 그에 일치하는 목표를 설정하고 통로를 만들어야 한다. 꿈을 이루기 위한 작은 생각의 씨앗이 행동이 된다. 이 같은 행동이 습관이 될 때 삶은 달라진다.

　꿈과 목표를 명확히 하는 것만으로도 주변 사람들의

지지를 받을 수 있다. 목표에 대한 믿음과 확신을 가진다면 불안과 걱정이 자신감으로 바뀌는 경험을 한다. 한편 꿈을 이루고 싶다면 가치를 부여하고 끊임없이 노력해야 한다. 그러면 모든 장애를 거뜬하게 극복할 수 있다. 그런데 꿈이라고 말해놓고 이루려고 노력하지 않으면 그건 계속 꿈일 뿐이다. 하지만 꿈이라고 말해놓고 건드리면 그것은 꿈이 아닌 현실이 된다.

1950~1960년대 한국의 산은 헐벗은 민둥산이었다. 특히 겨울에는 더욱 그랬다. 산불이 자주 발생해 헐벗은 겨울 산을 더욱 황폐하게 만들었다. 그 무렵 외국 귀빈들이 한국을 찾아왔다. 그렇게 벌거벗은 산이 한 사람의 기지 덕에 푸른 모습으로 변모된 채 외국 국빈 일행들을 맞았다는 유명한 일화가 있다.

몸으로 실천해 꿈을 이룬 한국 경제의 불도저였던 故정주영 회장에 얽힌 일화이다. 1952년 12월 아이젠하워 미국 대통령이 한국을 방문하는데 그의 일정에 부산 대연동 유엔군 묘지가 포함됐다. 묘지는 미국처럼 푸른 잔디로 덮여야 했다. 하지만 실제로는 붉은 황토를 드러낸 황무지를 떠올리게 했다.

당장 묘지에 잔디를 심어야 했다. 그러나 엄동설한에 푸른 잔디를 구하는 것은 불가능한 일이었다. 그런 상황에 처했을 때 아무도 생각하지 못했던 기지를 발휘한 이가 바로 정주영 회장이었다. 어찌 되었던지 "아이젠하워 Dwight David Eisenhower 대통령이 파란 풀만 보면 되는 것이다"라고 생각한 정 회장은 청보리를 옮겨 심으리라는 생각을 했다. 결국, 유엔군 묘지를 단 닷새 만에 초록 바다로 만들었다.

보리가 잔디 되듯이 무도 꽃이 되었다

꿈을 이루기 위해 고정관념에서 벗어나야 한다. 우리 금화재단에 추석 연휴 마치고 손님이 찾아온다. 이번 여름 내내 동산을 휠체어 길을 만들고 가꾸었다. 지금까지는 경비가 들지 않는 금잔화를 가꿨었다. 앞으로는 다양한 꽃을 가꿀 수 있도록 공간을 더 넓히고 가을 국화를 심었다.

한편 너른 공간을 겨우내 비워둔다는 게 왠지 허전했다. 게다가 손님도 맞이해야 한다는 연유에서 넓은 정원을 텅 비운 채로 둘 수가 없었다. 그렇다고 꽃을 사서 더 심을 수도 없는 노릇이라서 고민하다가 색다른 조화를 생각해 냈다. 먹을 수도 있고, 키우는 재미도 있고, 오가며 감탄할 수 있으며, 김장김치 담는 재미까지 볼 수 있는 무를 조금 심어 푸르게 만들기로 했다.

당장 실천에 옮겨야 했다. 내일부터 연휴가 시작되기 때문에 가게 문을 다 닫을 뿐 아니라 연휴 중에 제대로 땅에 착근着根한 무의 모습을 보고픈 마음에서 당장 모종을 사다 심었다. 매사에 이렇게 구상한 생각을 실천으로 옮기는 과정은 이유가 따르게 마련이다. 그런데 모든 일에는 때가 있다.

연휴 중에 찾아올 어르신들의 가족, 연휴 끝에 방문할 손님을 위시해서 연휴를 마치고 돌아올 우리 금화동산의 가족 등 모두가 파란 새싹이 잘 뿌리를 내린 활기찬 싱그러운 모습에 빙그레 웃음을 지을 것으로 기대된다. 꿈은 움직일 때 이루어진다는 말이 있다. 그 말이 새삼 역동적으로 느껴지고 아름답다.

3. 8 삶의 답을 생각하다

자기 삶에 대해 가치 평가하기 쉽지 않다

아직도 일을 왜 하느냐고 누군가 나에게 묻는다면 "글쎄, 왜 할까?"라고 대답할지 모르겠다. 사실은 감히 내 삶의 답을 말하기가 쉽지 않다. 그럼에도 왜? 끊임없이 생각하며 '일'을 하느냐고 다시 묻는다면 마음의 빗장을 풀고 굽이치는 파란波瀾 계곡의 사람 사이에 강물 같은 사랑이 흐르기를 기원하기 때문이라고 말해 주리라. 그래도 또 왜? 끊임없이 생각하면 '일'을 하느냐고 묻는다면 "마음의 슬픔을 가슴에 묻고 과거의 감정을 털어 버리고 삶과 죽음의 경계에 서서 괴로워하던 시간을 떨쳐 내고 싶다"라고 말해 줄 게다.

어둠 속 허기짐과 기갈飢渴의 여정을 홀로 외롭게 걸어온 날들이 있었다. 다시 말한들 그 절박한 심정과 어떻게 한마디 말로 표현할 수 있을까? 단순히 필설로 형용하기 어렵다. 나를 힘들게 했던 그 절망과 좌절의 밤, 겹겹이 쌓인 무거운 마음의 부담을 애오라지 성공을 향한 열정으로 극복했다. 삶의 불꽃을 어떻게 꺼뜨리지 않을 수 있었냐고 묻는다면 그것은 오직 타오르는 열정이라고 말하리라.

자신에 대한 믿음이 인생을 결정한다는 신념으로 삶의 불꽃을 일으켜 목표를 달성했다. 인생의 성취감을 어떻게 얻었느냐고 묻는다면 미루지 않고 주저함 없이 실천하면 반드시 이루어진다는 믿음으로 모든 일을 스스로 실천했기 때문이라고 말해주리라. 또한, 원하는 것을 달성했을 때는 무엇을 해야 하느냐고 묻는다면 새로운 목표를 정하고 최선을 다해야 한다고 말해 주고 싶다.

나는 이제까지 긴 시간을 달려왔지만 지금도 내일을 행해 가고 있다. 달성한 목표를 바탕으로 도전해야 할 또 다른 목표와 꿈이 기다리고 있기 때문이다. 한편 자신이 진정으로 원하는 삶이 무엇인지 찾고 싶다고 한다면 현재를 열심히 살면 된다고 말하련다. 무엇인지 몰라도 주어진 일을 열심히 했더니 그 일 뒤에 항상 진정으로 원하는 것을 얻었기 때문이다.

긴 길이 두렵지 않았냐고 묻는다면 망설임 없이 무서웠다고 고백하리라. 그때마다 스스로를 달래며 왔다. 지금도 나의 마음을 달랜다. 혹여 약해질까 두려워지는 마음을 달래며 꿈의 동산을 돌아보면서 지금 이 순간 열정 가득히 뜨겁게 내 삶을 살고 싶다.

3. 9 오늘도 기도를 올린다

삶이 부끄럽지 않기를 오늘도 기도 올린다

날개 달린 말들이
바람을 타고 날고
천둥 번개 비바람 몰고 와도

금화동산
금잔화 향기에
벌 나비가 날아든다.

처마 끝에 매달린 풍경 속 물고기
바람 앞에 온몸을 맡기면
하늘 길 헤엄을 치고

세상 바람 앞에
나는 삶이 부끄럽지 않기를
오늘도 기도 올린다.

　위의 시詩에 담긴 마음이다. 어둡고 거센 바람이 불어도 인생의 파도에 떠 있는 배는 홀로 노를 저어야 한다. 위태위태해 어찌할 바를 모르는 가련한 뱃사공은 기도 외에는 할 일이 없다. 거센 바람과 험한 파도에 휩쓸려 가버릴 것 같아도 아무런 의지가지없는 뱃사공처럼 기도한다.

　금잔화 향기 타고 벌들이 날아오기를, 금화 솔잎 향기를 따라 새들이 속히 날아가기를 마음으로 이렇게 기도한다. "겨울날 지나면 봄이 오듯이 시끄러운 세상의 소음이 사라지고 따뜻하고 조용한 소식이 전해지기를 두 손 모아 기도한다." 무릇 칠흑같이 어두운 밤이 지나야 찬연한 새 아침이 밝아오듯 이날이 지난 후 기쁜 날이 오기를 기도한다.

3. 10 최고의 가치

항상 지금 이 순간에 최선을 다한다

희로애락을 교감해 주는 선물이
홀로 지쳐 힘겹던 몸에 힘이 용솟음친다

그 간 한 일을 칭찬으로 안겨주니
양어깨에 지워진 짐이 솜털처럼 가벼워진다

그간
온몸에 흙먼지를 뒤집어쓰고 있을라치면

"그만해도 돼요" 말리는 소리에
모른 척 돌아서 내 몸 쉬게 하고도 싶어도

퇴행성 근육병, 몸에 보이는 위험 신호가 들릴 때면
"그만해도 돼" 호통치는 소리에
하던 일 멈추고도 싶어도
하던 일을 멈출 수 없어 쉴 수가 없었다

승모근 엉덩이 허벅지 무릎 관절 통증에
우울하고 슬퍼하지 말라고
그간
수고하고 애쓰셨다고 내 삶에 공로의 선물이 왔다

기쁨의 전율을 흐르게 하는 소식이 왔다

겨울에 닦고 봄에 치우고 여름에 정리하며
심고 뽑고 뿌리고
정원이 가지런하니 내 마음이 편안하다

어제도 오고 오늘도 오고 내일도 오는 이 맞으러
한 짬도 쉬지 못하는 손
힘들기도 했지만
이제 보니 내 정원이 다 채워져
행복이 가득하다

오늘은 가장 기쁜 날
다듬고 채우고 정리하고
비우고 버리고 던지고

소나무도 국화도 편히 자리를 잡고
무도 빨간 배추도 파릇파릇 울긋불긋 초원 바닥으로 자리 잡고
그제 울퉁불퉁 비뚤어진 바닥이
이제 반듯하게 자리하니
행복이 가득하다

내 마음 비우고 내 정원 채우며
좋아하며 존중하며 함께 살리라

내 마음 비우고 너의 정원 가꾸며

좋아하며 존중하며 함께 살리라

어제도 오고 오늘도 오고 내일도 오는 이를 위해
항상 지금 이 순간에 최선을 다한다

구상-시작노트

몸이 감당해야 하는 고통으로
침체되고 우울해지려는 순간이었는데,
다시 활력을 주는 칭찬으로 가득 찬 선물이다

어르신들을 위해서, 보호자들을 위해서, 우리 금화 가족들을 위해서
내가 할 수 있는 것은 그냥 묵묵히 최선을 다하는 것이다
지치지 말고 열심히

최고는 아니어도 최선을 다하는 자세로 항상 지금 이 순간에
최선을 다하고자 노력하는 내 모습을 다시 다짐하게 된다

늘 공헌하는 마음으로 일을 하면서 이렇게 저렇게 배치
하며 참 기쁨을 느낀다. 그리고 보는 이가 있어 함께 즐
거워하면 기쁨은 배가 된다
이 즐거움을 상상하며 또 한 번 기여의 의미를 깨닫는다

이곳에
찾아오는 사람들을 위해 준비한 단장인데 나를 더 기쁘게 한다

다 비우니 다 채워지는 기쁨이 더하는 늦은 저녁이다

누구나 마음에 가득한 즐거운 노래 부르기를 원한다
그리고 그 노래를 함께 부르기를 원한다
하지만 기쁜 노래 부르기 전에
홀로 힘에 겨운 시간도 있어야 하고
등 짐을 홀로 날라야 하기도 한다

인간이 축복으로
이 땅에 왔기 때문에 무익한 삶은 되지 않아야 한다.
이를 위해 우리는 공헌하는 삶을 살아야 하고
내가 와서 세상은 더 나은 곳이 되어야 한다.

깨어있는 마음으로 1분 1초라도
열심히 사는 삶이 중요하다

기여하는 삶과 공헌하는 삶은
1초만 늦어도 빨라도 제대로 이룰 수 없다
그래서 나는 일의 성취를 위해 언제나 어떤 일도 매 순간
그 일은 그때 한다

인생이란 모든 것이 기회다
그리고 온통 우리 주위에는 기회가 있다
모든 기회는 매분 매초 늦어도 빨라도 제대로 이룰 수
없더라
어떤 일도 매 순간

그때 그 일을 해야 한다
기쁜 날 즐거운 날을 위해서

3

환경 문제

4부. 인간이 자연보호 백신

4. 1 좋은 삶, 생태 중심

인간은 자연의 일부이다

인간은 자연 속에 존재하기 때문에 자연환경natural environment을 유기적 가치로 보전하고 자신을 지키기 위해 자연 보전 활동을 지속적으로 추진해야 한다. 오늘날 우리는 자연의 유기적 가치를 무시하지 않고 그것을 바탕으로 자연을 되살리기도 한다.

인라이튼Enlighten은 가전제품 수리를 통한 환경보호 protection of environment를 목적으로 설립된 사회적 기업이다. 여기서는 지속 가능한 유통 모델을 사업에 도입하여 가전제품 수리를 통한 환경보호에 기여하고 있다.

지난해 전 세계 전자 폐기물의 양은 4,800만 톤에 이르렀다. 이를 감안할 때 첨단 가전제품의 보급으로 2050년까지 연간 약 50만 톤의 전자 폐기물이 발생할 것으로 예상된다. 또한, 그에 비례하여 지구 온난화를 유발하는 많은 양의 이산화탄소가 발생할 것으로 예측된다. 무선 청소기 1대가 생산하는 이산화탄소의 양은 65kg으로 소나무 11그루가 1년 동안에 걸쳐 흡수해야 하는 양이다.

이런 문제에 대하여 가전제품의 수명을 연장하여 환경오염의 악순환을 막으려는 목표가 이 회사의 운영 방침이다. 그래서 '세상을 밝히는 것'을 의미하는 한국의 사회적 기업인 인라이튼은 20,291개 재생 제품으로 178,154 그루의 나무를 심는 효과를 나타내 이산화탄소량을 감소시키고 있다. 급속한 경제 개발, 산업화 및 도시화를 향해 달리고 있는 현재 역逆방향에서 숨겨져 있던 자연환경 보전이 발현되는 참신한 시도이다.

이러한 방향 모색은 60~70년대 육류 판매점에서 고기를 신문에 싸서 판매하거나 생선을 종이에 포장해서 판매하던 시절로 동네마다 위치해 있는 전파사에서 가전제품을 고쳐 쓰던 모습과 유사하다. 그러나 그 시절로 돌아갈 수도 없을 뿐더러 돌아가서도 안 된다. 그 이유는 이미 인간의 삶의 방식이 포스트모더니즘postmodernism에 의해 길들여져 있기 때문이다.

하지만 편의에 길들여진 인류는 새롭게 각성할 필요가 있다. 익숙해진 편의便宜의 이면에 있는 부정적인 면도 곱씹어 볼 필요가 있다. 이는 인간과 자연의 본질에 대한 새로운 탐색의 시도이기 때문이다.

좋은 삶good life이란 생태 중심주의의 자연관이다

포스트모더니즘postmodernism은 이성 중심주의를 배척하고 인간의 감성을 중시한다. 하지만 가치를 존중하고 상대적 진리와 실천적 지식을 존중하는 흐름에 따라 인간과 자연환경에 대한 새로운 관심이 일어나고도 있다.

생태주의ecologism가 그 예로서 일상에서의 관점 전환으로 유기체적 가치를 살려야 한다는 주장이다. 이와 관련하여 거듭 강조하는 말이다. "자연환경의 파괴는 곧 인류의 생존 위협과 연관된다. 때문에 자연환경 보전에서 국가와 정책은 당연히 현시대 대안으로 제도적 방안을 모색해 실행해야" 한다.

하지만 국가적 차원에서 제도적 방안으로 모색된 정책의 시행은 변수가 있기 때문에 정권 교체 및 법제적 방안이 뒤따르지 않을 경우 실효성에 한계가 있다. 이에 대한 대안으로 자연보호conservation of nature 운동의 주체인 민간단체, 일반 개인, 기관 등의 활동 참여로 실효성을 기대할 수 있다. 또 다른 방안은 자연보호 운동에 참여하는 참여자의 관점에서 새로운 패러다임을 도출하는 것이다. 그 이유는 일상에서 실행에 옮기는 자연환경 보전이 일어나야 한다는 견해이다.

이는 정책이나 제도적으로 법제화하여 일반화시키는 것보다 시민 참여자들의 일상으로 일반화하는 쪽이 지속 가능한 방법이기 때문이다. 자연환경 보전을 위해서는 먼저 일상의 삶 자체가 유기체적 내재 가치를 인정하고 실현하는 자연보호 참여자의 일상이 되어야 한다.

급속한 경제 개발, 산업화 및 도시화를 겪어온 우리는 자연환경 보전이 시급한 국가적 과제로 등장했다. 이 같은 관점에서 자연환경 보전을 위해 1991년 자연환경보전법을 제정하여 시행하고 있다. 그러나 정권이 교체되거나 정책적 시행 방향이 바뀔 때마다 자연환경 보전은 제대로 시행되지 못했다.

하지만 유기체적 내재 가치를 살려내는 자연환경 보전을 일반화시킬 수 있다면 미래는 희망적이다. 이를 바탕으로 밝은 미래의 전망을 담아낼 수 있는 활동이 자연보호 운동이다.

4. 2 패러다임 전환

인류 역사를 통틀어
우리는 늘 자연을 사용하며 살아왔다

우리의 안락한 생활에 필요한 대부분은 자연환경에서 가져온다. 나무에서 종이를 석유에서 옷을 가져오며, 산허리를 뚫거나 잘라 고속도로를 내며, 벌레가 먹지 않은 과일을 먹고, 세균 감염을 막기 위해 일회용 용품을 사용하며, 추위를 막기 위해 따뜻한 방에서 자고, 목을 축이기 위해 시원한 냉장고에서 음료를 마신다.

우리의 필요와 욕구를 충족시키는 과정에서 자연환경은 끊임없이 훼손되고 파괴된다. 이처럼 자연환경의 도움 없이는 생존 자체가 불가능한 존재가 인간이다. 이처럼 우리의 일상은 자연환경을 훼손하고 파괴할 수밖에 없는 불가피한 상황과도 연관되어 있다. 물론 자연 생태계ecosystem를 보호하며 사용한 적도 있다. 하지만 때로는 무리하게 혹은 불가피하게 이용함으로써 자연이 크게 훼손되었다.

그런데 이러한 자연 이용과 자연 훼손이 앞으로도 지속될 전망이다. 자연의 지속적인 훼손은 곧바로 인류의 삶에 위협이 되고 있다. 이 같은 상황에 직면했기 때문에 대비책을 마련해야 한다. 불필요한 이용을 줄이고, 과도한 사용은 자제하고, 훼손된 자연을 치유하며, 자연 생태계의 유기성을 유지하기 위해 복원을 우선하는 자연환경 보전을 추구하여 미래 세대에게 유산으로 넘겨주어야 한다.

자연과 더불어 사는 우리의 삶은 즐거움이다

이에 자연을 유지하는 자연환경 보전에 대한 새로운 패러다임 모색의 대책으로 자연환경의 유기적 가치에 대해 생각해 보기로 한다.

첫째, 지구 온난화와 지구 열화 시대에 필요한 자연환경 보전은 유기체적 가치를 바탕으로 해야 한다.

둘째, 자연환경 전문가들이 존재론적 자연환경 보전 패러다임 모색으로 미래 세대 유산으로 넘겨줘야 한다.

셋째, 자연환경 활동가들도 활동의 역동성에 힘을 실어 더 나아가서 현상학적 장에서의 연구를 시작해야 한다.

넷째, 자연환경 보전 연구는 자연과학뿐 아니라 인문학에서도 그리고 일단 자연보호 참여자들도 함께해야 한다.

'인간이 자연을 보호하고 유지하며 보존해야 할 당위성이 있는가?' 이는 인류 존재의 문제이므로 자연환경 보전은 인간과 자연의 필연성이자 곧 당위성이다.

변화의 희망

인류와 자연이 모두 조화롭게 함께할 패러다임이 꿈이며 희망이다. 우리는 불명확하며 비관적인 시대에 살고 있으나 자연은 명확하게 눈에 보이고 낙관적인 관점에서 바라볼 수 있다. 그러므로 인류의 희망은 인간이 자연의 주인이 될 수 없고, 자연이 인간의 부속물이 될 수 없다. 그렇다고 서로 분리되어서도 안 된다는 관점에서 출발해야 한다.

자연과 인간을 비롯해 지구상의 모든 생명이 평화롭게 공존하며 자연환경이 보전되어야 한다. 하지만 우리는 어느 순간부터인가 유일한 삶의 터전인 자연을 우리 스스로 점점 망가뜨리고 있기 때문에 일상생활에서의 변화가 필요하다.

이에 대해 자연과학 영역과 법제적 영역인 개념적 연구, 시뮬레이션, 사례 연구case study, 결론 지향적 변화 과제로 남겨 놓기로 한다. 여기서는 오로지 자연보호 활동상의 변화 과제를 살필 참이다. 교육적 차원에서 보면 전 국민을 대상으로 자연환경 보전에 대한 교육이 부족하다. 그 이유는 자연환경을 이해함에 있어 피상적이며 여전히 기계론적 관점에서 보는 교육이 주가 되어있기 때문이다. 현실과는 달리 하나의 유기체적 생명체로 이해하는 유기체적 자연환경 이해의 교육이 절대적으로 필요하다. 그러므로 다음과 같은 철학을 바탕으로 교육이 펼쳐져야 한다.

첫째, 자연과 환경에 대한 정규교육 프로그램이 지속적으로 진행되어야 한다.

둘째, 자연환경 보전을 위한 가시화된 인재 양성기관이 필요하다.

셋째, 자연환경에 대한 현장 체험 교육이 확산되어야 한다.

특정 연령층 유아, 청소년, 청년, 성인에 국한하는 교육의 범주를 탈피해야 한다. 그리고 학교 교육뿐 아니라 범국민적 차원에서 유기체적 자연 이해 관점을 가질 수 있도록 교육이 이루어져야 한다. 이 같은 여건이 조성될 때 비로소 존재론적 자연환경 보전이 가능해진다.

현대는 미디어 시대이다. 그런데 그 미디어도 한계가 있다. 우리나라는 여태까지 자연환경에 대한 교육 및 자연환경 보전을 위한 홍보프로그램을 다루는 전문적인 언론 매체가 없었다. 그러다가 최근 대형과 중형 매체 사이의 틈바구니에 새로 등장한 대안 매체가 호평을 받고 있는 실정이다. 이런 때문에 자연환경에 대한 전문 미디어의 필요성도 절실하다.

마지막으로 가장 중요한 자연보호 활동상의 한계를 넘어서야 한다. 이것은 자연보호 운동에 대한 구체적 한계를 말하는 것으로, 전 시민들의 자발적인 참여가 아주 미미하다는 사실이다. 그 이유는 대충 다음과 같다.

첫째, 보존 운동에 필요한 재정적 한계가 있기 때문이다.

둘째, 정부나 교육 및 미디어 수준에서 언급된 제한은 보존 주의자에게 직접적인 영향을 미친다. 이러한 영향은 활동가들을 존재론적 접근을 통한 추상적인 개념으로 받아들이게 한다. 그리고 추상적 개념인식은 이전 활동을 그대로 답습하도록 함으로써 구태의연한 수준에 머무르게 한다.

셋째, 특정 수준 또는 국소적 수준에 머물게 한다. 이는 존재론적 패러다임이라는 과제를 정부, 민간, 공동체, 개인 등이 상호 보완하며 연계 차원에서 수용하고 진행해야 한다. 그렇지 않으면 자연보호 활동의 범위는 지엽적인 활동으로 축소하는 주요 요인이 된다.

4.3 자연환경 지킴! 우리 건강 지킴!

자연의 경고음에 귀를 기울여야 한다. 그렇지만 한 번도 겪어보지 못한 괴질(怪疾)인 코로나19가 질풍노도처럼 지구촌을 휩쓰는 패악질에 전 인류가 공포의 도가니에 빠져 숨도 제대로 쉬지 못하고 전전긍긍하며 전인미답의 길에서 방황하는 질곡의 세월이다.

기후변화가 전염병을 퍼뜨리는 원흉이다. 이를 다른 각도에서 보면 자연이 우리에게 경고하는 것이므로 자연환경 보전의 근본을 심각하게 되짚어보고 반성해야 한다. 자연의 능력은 무한하다고 여겨왔다. 따라서 자연은 상상 이상으로 베풀 수 있다는 견지에서 인간의 건강을 위한 최후의 보루라고 믿어왔는지도 모른다. 그러나 자연에도 한계가 있다. 그러므로 후손들의 미래를 위해 인간과 자연이 공존할 기틀과 터전이 필요하다.

그럼에도 불구하고 대부분의 사람들은 자연을 보호하는 데 무심하기 짝이 없다. 단순히 꽃을 보면 아름답다 감탄하고, 싱그럽고 실한 열매를 보면 탐스럽다고 경탄

할 뿐이다. 또한, 한줄기 소나기가 내리면 해갈된다는 사실에 대해 감사하고, 내리쬐는 태양에 젊음을 불태우지만, 자연이 어디를 향해 치닫고 있으며 어떤 상태인지 무심한 채 오로지 즐기는데 몰두하고 있다.

자연보호는 우리의 몫이다

자연환경이 훼손되고 파괴되는 것을 막아내지 못한다면 자연 생태계는 붕괴될 것이 자명하다. 이로 인해 결국은 파멸을 맞이할 게 뻔하다. 이는 자연 생태계에 그치지 않고 우리의 생존도 장담할 수 없게 만들 것이다. 그러므로 인류의 보루인 자연을 지키는 것은 결국 우리의 몫이다.

자연과 인간은 하나로 연결되어 있다. 이러한 관점에서 미래 세대에 대한 배려라는 차원에서 인간과 자연의 공존을 위한 기틀을 만든다는 희망적인 무언가를 해야 할 때다. 미래 세대를 위한 과제와 이를 수행할 책임은 현세대에게 있다. 그러므로 다양한 측면에서 지속적인 연구가 끊임없이 지속되어야 한다.

나는 사람을 사랑하기 때문에 자연을 사랑하게 되어 결국 20여 년을 자연환경 보호에 참여했다. 이를 바탕으로 자연환경을 보호하고 보전하기 위해 연구를 거듭하여 학위논문을 작성했다. 미래 세대도 변함없이 건강한 삶을 영위해야 하기 때문이다. 한편 아름다운 자연을 미래 세대에 전하는 것은 현세대의 부단한 노력으로 가능하다는 사실을 되새기며 다시 한번 각오를 다진다.

4. 4 인류를 위협하는
생태계 종의 상실

  자연은 인간의 삶을 가능하게 하는 바탕이며, 인간의
생명 유지와 안전에 이바지한다. 우리는 만개한 꽃을 좋
아하고, 산꼭대기에 쌓인 눈에 감탄하게 마련이다. 이처
럼 늘 자연에서 무언가를 느끼고, 생각하고, 치유 받는
다. 따라서 더 행복하고 건강한 삶을 영위하기 위해서는
자연환경이 보존되어야 한다. 자연은 우리가 살 곳을 제
공하는 고마운 존재이자 조력자이다.

  아침을 깨우는 새의 청아한 지저귐이 귀를 즐겁게 하
고, 정오의 붉은 장미가 햇빛을 받아 눈부시게 빛나며,
해거름 무렵에 넘실거리는 황금빛 들판은 마음을 감동으
로 압도한다. 아울러 밤하늘을 아름답게 수놓은 별들의
향연은 내일을 약속하며 고요한 휴식을 제공한다. 이처
럼 자연은 우리의 삶을 가능하게 하는 기반이 된다. 그
뿐 아니라 삶에서 따뜻함을 유지시켜 주는 윤활유 역할
을 담당하고 있다.

  하지만 요즈음 자연은 스스로를 정화하는 능력의 한
계를 벗어났다. 이로 말미암아 파괴되고 황폐해진 자연
환경 때문에 우리는 가장 큰 위기에 직면했다. 이런 상
황에서 초대받지 않은 께름칙한 역병疫病이 지구로 몰려
와 위기의 절박한 순간에 처했다.

무력한 만물의 영장靈長

만물의 영장이라는 인간조차 녹아내리는 영구동토층 앞에서 무력할 뿐이다. 거기에 깊이 묻혀 있던 바이러스가 흘러나와 인간 사회에 침투해도 막을 방법이 없다. 온난화로 영구동토층이 녹으면 새로운 바이러스 인한 전염병을 염려하지 않을 수 없다. 다시 말하면 현재의 신종 코로나바이러스 감염증(코로나19)처럼 인류가 공격을 받고 결국 멸망에 이를지도 모른다. 영구동토층이나 빙하가 녹는 것은 지구 온난화 결과이다. 이는 자연환경 파괴 때문에 발생한다. 따라서 너무 늦기 전에 자연과 환경을 보호하기 위해 새로운 패러다임을 마련해야 한다.

생태계는 유기적으로 상호 연관되어 공존한다. 그런 때문에 현재의 위기 상태를 바탕으로 연구하면 미래를 내다볼 수 있다. 이 예측 결과를 분석하면 미래 세대를 위해 계속 유지 될 수 있는지 아니면 더 심각한 위기로 몰리거나 재앙에 직면하게 될지 알 수 있다.

생태계의 붕괴가 심각한 현실이다. 그 단편적 몇 가지를 주목하자. 먼저 백로와 왜가리가 먹이를 찾아 헤매며 날아다니는 샛강의 모습을 보기 쉽지 않다. 그런가 하면 메뚜기나 메기와 잠자리 따위의 가을 메신저가 점점 사라져가고 있다. 또한, 미꾸라지도 논에서 점차 자취를 감추는 현실이다.

이런 변화에 선제적으로 대응하기 위해 이제부터라도 자연환경을 바로 인식해야 한다. 이의 출발점으로 자연환경은 유기체의 다양성과 연관성으로 구성되어 있음을 깨우쳐야 한다. 또한, 이들은 각각 자기 에너지와 자기 지속 가능성을 지닌 '서로 연결된 하나'라는 유기적인 개체로 그 구조와 기능을 이해해야 한다. 다시 말하면 자연환경의 보전은 자연환경의 유기적 가치를 인식해야 한다. 그러나 현실은 녹녹하지 않은 상황이다.

인간에게 주는 최대의 선물인 자연의 혜택을 이제껏 우리는 당연히 누리기만 했다. 때문에 정작 자연보호에 대해서는 어떤 배려나 그 가치를 지혜롭게 인식하지 못했다. 그런 상황에서 자연을 인간의 종속적인 지위로 떨어뜨린 결정적 계기가 경제 개발과 고도성장 추구의 발전 방식이었다. 이를 겸허하게 인정하고 자연에 대해서 인간이 얼마나 파괴적이었고 착취를 일삼았었는지를 되짚어 볼 필요가 있다. 분명 자연은 미래 세대의 유산이다. 그러므로 자연 환경적 위기를 어떻게 극복하고 어떻게 사는 것이 실생활의 답인지 고민하는 지혜가 절실하다.

4. 5 인간과 자연, 공존의 세계관

자연의 지속 가능한 개발을 위해서는 자연관과 인간이 공존할 수 있는 세계관이 필요하다. 인간은 자연적이고 인공적 위험이 없는 안전하고 쾌적한 환경에서 행복을 추구하며 살 수 있어야 한다. 이에 대해 우리 헌법 제34조 6항은 "국가는 재난을 예방하고 국민을 보호하기 위하여 노력하여야 한다"라고 명시하고 있다.

국가는 개인의 안전과 행복을 위해 노력할 책임이 있다. 그리고 자연재해로 인한 피해를 줄이기 위해서 국민은 재난대응훈련에 적극적으로 참여하여 대응력을 갖추어야 한다. 또한, 개인의 이익만을 추구하기보다는 지역사회에서 파괴된 자연환경의 빠른 회복을 위해 함께 노력하는 성숙한 시민 의식이 필요하다.

생태계 먹이사슬

인간을 포함하여 자연을 구성하는 모든 요소는 존재적인 자율성을 유지하면서 밀접하게 유기적으로 결합 되어 통일된 전체를 형성한다. 각 개체의 다양성과 차이를 추구하며 삶의 존재와 차이에 대한 자율성을 인식하고 그것을 통합된 몸으로 본다. 그리고 그들은 체인으로 연결되어 있다. 그들 사이에 유기적 상호 의존성이 있기 때문에 하나의 체인이 위협을 받으면 그 영향은 전체 유기체로 확산된다. 생태계 먹이사슬food chain이 바로 이것이다. 그러므로 인간은 또한 유기적 성질의 일부이기 때문에 인간의 주체적 사고에서 빚어내는 인위적 행동으로 인해 유기 질서를 깨뜨리지 않아야 한다.

인간이 자연에 속한다는 것은 자연주의 철학을 말하고자 함이 아니요. 또한, 자연이 인간에게 귀속한다는 인본주의 철학적 사고를 주장함도 아니다. 자연환경 보전의 위기를 극복하기 위해 인간과 자연에 대한 이원론적 시각과 자연의 유용성만을 생각하는 지나친 도구적 관점에서 접근하는 인간중심주의의 특징에서도 벗어나자는 것이다. 그렇다. 한쪽으로 치우치거나 기울어진 운동장의 시각에서 생각하면 편협한 대안만 도출될 것이다.

자연환경 위기에 대처하기 위한 실리적인 접근을 찾아야 한다. 이에 대해 모든 유기체는 그들의 환경에 적응해 나가는 진화 과정으로서 유기체의 변화에 핵심을 두는 것이다. 유기체의 변화는 환경의 힘과 대응하여 반응하는 자율적인 변화에 의하여 발생되기 때문이다. 그러므로 요소들 사이의 상호작용은 매우 중요하다. 자연의 유기성이다. 아리스토텔레스Aristoteles와 플라톤Platon은 자연에 대한 유기적 관점, 자율성과 유기성의 원칙을 가진 자연에 대한 관점을 가지고 있다. 유기성의 개념은 자발적 운동이나 과정을 위시해서 성장 및 변화의 원칙에 기초한다. 자연보호 운동을 실전에서 행하는 활동가 관점에서 이러한 점을 강조하는 것이다.

자연보호 운동가로서 생명의 관점에서 자연관과 인간관을 확립하자는 호소이다. 광활하거나 포괄적이지 않다. 다소 우직하다 할 수 있겠지만 오히려 현실적이고 자체적이다. 자연환경의 본질적인 가치를 나타내는 내재 가치는 유기적인 관점에서만 가능할 수 있기 때문이다. 이것이 자연생태 위기를 극복하기 위해서 필수적인 패러다임 정립을 위한 제언이다.

인류는 성장 발달의 여정이 진행될수록 역逆의 관계에서 도출되는 자연환경 위기에 봉착할 수밖에 없기 때문이다. 자연 생태계 파괴로 수많은 종이 멸종되어 가고 있고, 인류의 존속 자체도 큰 위기에 처했다. 이 위기는 기존의 패러다임 내에서의 어떤 기술로도 극복할 수 없다. 그러므로 현재의 패러다임에 획기적인 변화가 가해져야 한다. 자연의 지속 가능한 개발을 위해서는 자연관과 아울러 인간의 공존의 세계관의 필요하다.

공존의 세계관

새로운 인식 전환이 시작되고 있다. 자연과 자연관에 대한 인간의 재정립은 공존의 세계관이다. 이것은 인류 생존을 위해서는 불가피한 자연의 사용과 이용을 통한 자연환경 정복과 자연환경 개발을 포기하자는 것이 아니다. 자연환경을 인류 삶의 조건이라는 관점에서 볼 때 훼손시키거나 파괴시키지 않는 범위 내에서 지속 가능한 개발을 해야 한다. 그런데 자연환경 보전은 그렇게 간단한 문제가 아니다.

공존의 세계관을 정립하여 인류의 생존을 보장하는데 자연을 정복하고 개발함을 훼손과 파괴에 측면을 고려한다면, '지속 가능한 개발'이란 명목 아래 자연환경 보전은 어느 쪽이든 치우칠 수 있다. 자연환경의 유기체적 존재를 인정한다는 것은 인간 중심적 이원론에서 자연과 인간을 규정짓고 있으며, 이분법적 인식은 도구적 사용에 효력성을 발휘하는 사회 구조이고 경제 구조이기 때문이다.

그러나 공존의 세계관이 일반화되어야 한다. 따라서 공존의 세계관이 일반화가 될 때 비로소 자연과 인간,

인간과 자연은 존재론적 유기체적 설정이 가능하다. 존재적으로 설정해서 접근하는 것에는 유기체적 자연환경을 인정하고 거기에 인간을 인정하는 방식이라야 공존의 개념이 정립된다. 환경운동이 궁극적으로는 자연보호 운동이다. 이것이 자연환경 보전이라는 것을 인정할 때, 공존의 개념으로 자연환경 보전의 철학적 근거는 유기체적 접근이 유일한 이론적 대안이다.

자연환경 파괴는
절대적 악이라는 인식이 필요하다

생태계와 자연환경 파괴를 절대적 악으로 인식할 수 있는 새로운 의식과 인식 기반이 갖추어져야 한다. 자연 생태계를 파괴할 수 있을 정도의 힘을 지닌 우리는 책임감과 윤리 의식도 가져야 한다. 자연과 인간을 공존이란 개념에 올려놓는 것은 자연 가치관의 새로운 정립이다.

인간의 삶을 물질적 풍요로 축적해온 산업 과학기술 문명이 가치관 방향을 바꾸지 않는 한 인구의 증가에 비례해 천연자원의 소비 증가로 생태계는 지속적으로 더 심각하게 파괴된다. 아울러 자연 훼손과 황폐화도 가속된다. 이런 재앙들 때문에 인류의 멸망이라는 파멸이 머지않아 도래하지 않을까 걱정이다. 이와 같은 이유로 자연과 인간은 융합되고 하나 되는 생명의 지향점을 찾는 자연관이 필요하다. 이는 인간 주도적 혹은 인간 중심적 사고에서 벗어나야 함을 뜻한다. 자연과 인간 정신의 융합을 생명의 지향점에서 찾는 것으로 생명에 대한 존중감과 두려움을 가져야 한다. 즉 자연에 외경심을 말하는 슈바이처Albert Schweitzer의 공존 사상이 자연과 함께 함유하는 것이다. 그가 말하는 생명에 대한 외경은 인간을 포함한 모든 생명 자체를 존중하며 인간뿐 아니라 자연도 함께 소중히 여기며 존중하는 마음을 가져야 한다.

자연을 향유함이란

인간은 자연을 숭배하며 두려워하던 시절이 이었다. 그 이후 긴 세월을 거치면서 자연을 향유 하며 만끽하던 시절을 보낸 적도 있다. 지금도 자연을 삶의 질을 향상시키는 부분을 부각시키기도 한다. 그러나 이제 원론적으로는 다시 두려워하고 존중하는 대상으로 자연이 인류 앞에 있다. 이것이 공존의 가치관이 실천되는 것이다.

자연보호 단체나 자연환경 보전 단체에서 호소하는 무분별한 산업 과학 기술 문명의 유해성, 대기의 오염, 무분별한 생태계 파괴, 인류 종말을 예견하는 자연보호 문제에 대한 논쟁 따위는 사치하고 한없이 무모하게 느껴질 수도 있다. 그러나 생태계 파괴, 자연 훼손, 환경오염 문제는 인류가 대처해야 할 가장 시급하고 근원적인 문제임을 직시해야 한다. 그리고 이러한 문제 해결은 단발성單發性이거나 한시적이어서는 안 된다. 인류의 역사와 맥을 같이하여 이어져야 한다.

그러므로 자연과 인간의 관계에 대한 기본 철학이 인간의 관념 속에 구축되어야 한다. 아울러 인간이 추구해야 할 가치 안에 자리해야 한다. 인간을 비롯한 생명체는 생태학적 관점에서 생성에서 소멸에 이르기까지, 훼손과 복원까지는 일련의 연계 과정이며, 순환적이고 순차적이다. 더욱이 이러한 일련의 과정과 순환적이고 순차적인 흐름은 언제나 연결된 관계적이고 자율적이며 유동적이다.

늘 유기체적 실현 경향성이라는 것이다. '숲이 우거지면 새가 날아오듯이' 말이다. 또는 소풍 나온 고양이가 인간의 정원이 마치 자기 집인 양 포근해서 뒹구는 것처럼 말이다. 실제로 우리 금화동산 정원에는 새들이 나무와 숲을 찾아 날아든다.

사계절을 지키며 흙을 파고 물을 주다가 거칠어진 손마디에 새들은 경쾌한 지저귐으로 화답한다. 인생 여정의 마지막을 안식하기 위해 의탁依託한 요양원 어르신들은 새와 나무와 고양이와 숲이 어우러진 쾌적한 환경에서 하루하루의 영일寧日을 만끽한다. 또한, 어르신들은 영양사가 정성스럽게 맞춰 주는 식사를 즐기며 진종일 휴식과 안락한 정원을 거닐며 소일한다.

금잔화가 발걸음을 멈추고 휴식도록 발길을 부여잡는다. 흐드러지게 핀 금잔화가 금화동산 식구들에게 웃음을 짓게 하는 윤활유 역할을 톡톡히 한다. 사는 게 버겁고 매사가 시들해 움츠러든 어르신들의 메마른 감정에 따스한 온기를 불어 넣어준다. 또한, 제대로 섬기지 못해 마음이 무거운 자녀들도 자연이 어우러진 정원을 대할 때면 푸른 정원과 활짝 핀 꽃에 빠져 안도하는 모습을 보이기도 한다.

주위의 다양한 생명과 사람들에 관해 관심을 가지고 들여다본다. 새와 집짐승 고양이, 토끼, 염소, 강아지를 비롯해 수많은 수목이나 꽃과 사람정원사, 영양사, 어르신들, 그 자녀 등을 가만히 들여다보면 공통분모인 교집합交集合: intersection을 발견할 수 있다.

이들의 생존 자체는 개체의 종種이지만 개별적인 것이 아니라 종들의 관계적 형태이다. 자연과 인간은 이처럼 서로 유기적이다. 어르신들의 요양에 나무와 숲이 영향을 주며 유기적으로 연결고리가 되어 서로 함께 영향을 주고받는다.

서로의 기쁨

어르신들의 보호자들은 서로 얽히고설키는 자연의 관계 틀 속에 있는 유기적 활동이 이어지는 유기체의 공존 체제이다. 유기체적 접근은 순간적이고 일회적인 생명력이 아니라 끊임없이 반복되고 되풀이되는 지속적이며 존재론적 생명력을 의미한다. 인간은 자신의 종을 유지하기 위해 자연을 찾는다. 그런데 더 선행적인 사건은 인간이 자연을 찾는 게 아니라 자연이 어우러져 나타나는 상황 속에 인간이 수용되는 것이다.

다시 말해 선행적으로 자연과 자연이 유기적 상보작용相補作用을 하기 때문에 자연이 더욱 풍성해진다. 그렇게 풍성해진 자연은 인간을 더욱 건강하게 지탱할 수 있게 해준다. 자연과 인간을 자연과 자연, 자연과 인간, 인간과 인간을 생명성이나 생태학으로 보자는 것이다. 인간도 생태계의 일부로서 다른 생명체나 자연환경과 유기적 관계를 맺는 지속적인 자연 유산이다. 자연환경 역시 존중을 받아 마땅함으로 인간과 자연환경 간의 조화와 균형을 중시하는 관점을 일상으로 확대해 나갈 때 공존 관계가 중시된다.

4.6 반려

반려伴侶는 '인생을 함께한다'라는 '짝', '동무', '친구' 의미가 담긴 단어이다. 그런데 이 단어는 인생과 연결하여 '인생의 반려자'라 불리고, 동물에 연결시키면 반려동물, 식물과 결부시키면 반려식물이라 한다.

반려伴侶는 반려返戾와 다르다. 여기서 '반려返戾'는 되돌려 보냄을 의미하는 것으로 퇴짜 혹은 속어로 '빠꾸'를 뜻한다. 아울러 젊은이들에게는 거절reject이라는 의미가 더 와 닿을 게다. 그런데 '함께' 하는 반려伴侶도 좋고, 미흡해서 '거절'하며 다시 새롭게 할 수 있게 기회를 주는 반려返戾도 다 좋다. 하지만 지금의 논점은 반려伴侶이다. 특히 '반려해변'으로 세상을 얻은 사람들의 얘기에 포커스를 맞추려 한다.

우리는 반려동물이나 반려식물에 익숙해져 있다. 반

려동물伴侶動物: companion animal은 애완동물愛玩動物: pet로 인간이 즐거움을 얻기 위해 사육하는 소유물로서 동물을 지칭된다. 하지만 이제는 반려자 친구로서 대우하자는 의미에서 '반려동물'이란 표현이 대중화되고 있다. 아울러 반려동물이 우리 사회에 가족으로 정착된 지 꽤 오래되었다. 그런가 하면 반려동물들과 교감하는 것으로 만족감이나 심리적 안정을 찾는 문화도 빠르게 자리 잡아 가고 있다.

반려식물은 인테리어 효과나 공기 정화에 좋다. 또한, 반려식물 키우기는 정서적으로 안정감을 되찾고 우울증 치료에 도움을 주어 치유healing의 기능을 한다. 한편 치매 예방 및 우울증 치료에 적합하여 반려동물처럼 정서적으로 위안을 준다.

더 흥미로운 이야기가 있다. 이는 '반려해변'으로 지난 6월에 개최된 "P4G 서울 녹색미래 정상회의"에서도 흥미롭게 다룬 주제이다. 여기서 '반려해변'이란 특정 해변을 돌보는 것을 의미한다. 마치 반려동물을 아끼고 돌보는 것처럼 특정 해변을 기업이나 단체 혹은 개인 등이 맡아 아끼고 돌보는 개념이다.

해양수산부에 따르면 '반려해변'은 1896년 미국 텍사스주에서 개발한 해변입양 프로그램을 벤치마킹해 국내에 맞게 재해석한 제도라는 귀띔이다. 당국에 따르면 정부 주도 해양 쓰레기 관리 정책의 한계를 극복할 대안으로 민간주도형 '해양 쓰레기 관리 생태계' 조성을 추진할 계획이란다. 이를 위해 2020년 9월 제주도에서 반려해변 시범사업을 시작했다는 전언이다. 이 시범사업의 성과를 바탕으로 2023년까지 전국 11개 광역지자체로 확대할 계획이라고 밝혔다. 올해는 경상남도와 인천광역시를 비롯해 충청남도와 제주도에서 사업이 진행된단다.

해양 생태계 보호와 복원은 인류의 미래를 위해서 결코 미룰 수 없는 과제이다. 이 같은 맥락에서 반려해변 프로그램은 기후위기 대응의 새로운 패러다임으로 주목되고 있다. 특히 2050년까지 '해양 플라스틱 쓰레기 제로'라는 목표를 달성하기 위해서 반드시 강력하게 추진해야 할 과제이기도 하다.

바다를 통한 푸른 회복

"녹색미래 정상회의 서울 2021 P4G"에서도 '바다를 통한 푸른 회복'이란 이름으로 반려해변이 등장했다. 아울러 2020년 9월 19일 '국제 연안 정화의 날'을 기점으로 제주도에서 해양 쓰레기 인식 증진을 위한 대국민 캠페인 일환으로 '반려 해변' 사업이 추진되었다. 또한, 지난해 인천광역시와 경상남도 그리고 충청남도 등 3개 지자체와 반려해변 업무협약을 체결하여 올해부터 제주도를 포함하여 총 4개 광역지자체의 해변에서 본격적으로 사업 시행에 돌입했다.

"P4G 정상회의 해양 특별 세션"에서는 해양수산부 주최로 친환경 선박과 해양 쓰레기 문제에 대해 다뤘다. 그 주된 내용은 갯벌을 복원하고 바다 숲을 조성하여 온실가스 흡수원吸收源을 확대할 계획이란다. 이 계획을 추진해 다가오는 2050년에 100만 톤 이상의 온실가스를 블루카본blue carbon으로 흡수할 것이라고 소개했다. 이를 실천하기 위해 구체적인 반려해변 정책도 밝혔다. 물론 정책적인 반려해변도 좋다. 그보다 더 좋은 것은 '반려' 정책보다 일반 국민의 참여이다.

한여름인 7월이다. 휴식을 취하려 사람들이 해변으로 몰려들 휴가철이 다가오고 있다. 이런 바캉스 계절에 반려해변에 대해 모두 관심을 가져 볼 만하다. 반려해변 사업이 민간의 적극적인 참여 형태가 된다면 쓰레기와 폐기물로 몸살을 앓는 해변은 자연스럽게 사라질 것이다. 이 사업이 활성화되어 모든 이들이 휴가지의 해변에서 쓰레기를 줍고 치운다면 그것이 바로 반려해변 사업의 실천이다.

주말이 되면 가족이 함께 주말농장을 찾아가서 채소나 농작물을 가꾸듯이 해변관리도 그리되면 청정한 환경을 회복할 수 있다. 예를 들면 가족 단위로 일정한 해변을 찾아가서 쓰레기를 주워 버리는 문화가 정착된다면 그것이 바로바로 나의 반려 해변에 이르는 첩경이다. 이는 주말농장이 내 텃밭이듯이 그 반려 해변이 내 해변이 되는 길이 아닐까.

제주도에 이어 인천광역시와 경상남도를 비롯해서 충청남도에서 반려해변 정책을 펼치고 있다. 하지만 아직 경상북도는 미온적인 것 같다. 이런 상황에서 지난 주말 지인과 함께 영덕 강구에 다녀왔다. 평소 종종 찾던 바닷가여서 편한 마음이었지만 한편으로는 미구에 다가올 휴가철 때문에 해변이 걱정되기도 했다.

신종 코로나바이러스 감염증(코로나19)으로 해외여행

대신 국내로 발길을 돌리는 경우가 많아지고 있다. 이 때문에 평소보다 해변을 찾는 여행객들이 증가하면서 버려질 쓰레기들을 제대로 관리가 될지 모르겠다. 특히 엄청나게 발생하게 마련인 플라스틱이나 캔 등을 어떻게 처리할 것인지 오지랖 넓은 걱정이 앞섰다. 누구나 잘 사용하고 잘 버리고 잘 처리한다면 더할 나위 없이 좋겠다. 하지만 현실은 그렇지 못하다. 여름 해변에는 담배꽁초가 유난히 많이 버려져 나뒹굴고 플라스틱 음료 포장재도 아무 데나 되는대로 마구 버려 무척 안타깝다.

반려해변, 바다 사랑 실천

반려 해변 사업에 동참한다는 것은 사랑을 실천하는 하나의 방법이다. 여기에 동참해 열심히 줍고 치운다면 아이들이 모래 놀이를 하다가 백사장 모래 속에서 나뒹구는 담배꽁초를 만지는 일이 없을 것이다. 그뿐만 아니라 백사장 모래를 걷다가 유리병 조각에 발가락을 베는 불상사도 발생하지 않을 터이다.

자연보호중앙연맹에서는 독도를 탐방하며 자연 유산과 문화를 직접 체험하는 민간외교 프로그램으로 생태 탐방과 자연정화 활동을 벌이고 있다. 이러한 행사도 반려해변 프로그램의 한 형태다. 한편 최근 40년간 어류 개체 수의 50% 이상이 감소하는 등 해양 생태계는 인간으로 인해 점점 피폐해지고 있다. 그러므로 이제 바다를 보존하고 보호하는 방법을 확장해야 한다. 이와 같은 운동을 통해 인간이 바다 전체 중 30%만이라도 적극적으로 보호한다면 생물 다양성 상실을 막을 수 있단다. 또한, 기후변화와 식량 부족 사태와 같은 인류가 당면한 위기문제들을 해결할 수 있다고 해양 전문가들이 예측하고 있다.

보호구역에서 생태계가 복원되는 사례를 보면 바다를 위한 적극적인 보호가 효과가 크다는 것을 알 수 있다. 실례로서 세계자연기금의 연구에 따르면 해양 보호구역으로 지정된 바다에서는 물고기 크기 13%, 생물 다양성 19%, 생물 밀도 121% 증가했다고 한다. 그리고 전체 생물량은 251%가 증가했고 구역 내 알과 치어의 양이 15배 증가했단다. 또한, 랍스터lobster의 산란은 20배 증가한 것으로 나타났다. 아울러 성어의 개체 수도 증가해서 더 많은 알을 낳았다고 한다. 이번 여름 휴가철에는 반려해변을 찾아 그 의미를 함께 살펴보는 것도 좋지 않을까.

4. 7 긍정과 역동

'포스트 코로나19'는 긍정과 역동

'인류는 지금 기계 알고리즘machine algorithm 궁극의 시대를 맞이했다'. 포스트 코로나19 시대의 가장 본질적인 변화는 기계 알고리즘 최적화 시대로 바뀌고 있다는 사실이다. 이는 인간과 인간 사이 관계를 통해 형성된 기존의 인본주의 사조가 기계와 알고리즘의 새로운 사조로 대체되고 있다는 변화를 시사한다.

"구름이 서西에서 일어남은 말하기를 소나기가 오리라 하고, 남풍이 불어오면 말하기를 심히 더우리라는 것이 자연의 이치라. 인간은 자연의 이치를 통해 세상의 이치를 따라잡는다."

추억을 회상하며 앞을 예측하며 가는 것이 인생길이다. 그런데 지금 전인미답前人未踏의 특별한 세상을 살아가고 있다. 다시 말하면 이전에는 전혀 상상하지 못했던 길일 뿐 아니라 경험해보지 못한 세상이라서 마냥 낯설고 두려울 따름이다. 그래서 형언할 수 없을 정도로 불안하고 어렵고 힘들기 짝이 없는 현실이다. 이런 현실을 외면할 수 없어 받아들이며 적응해 내려고 고군분투하는 모습이 무척 가상하다.

위기가 곧 기회라 했던가. 뜻하지 않은 불청객처럼 무례하게 밀고 들어온 천역天疫을 방불케 하는 코로나19이다. 그렇지만 꽤 괜찮은 선물도 가져와 긍정적인 시그널도 나타나고 있다. 이로 인한 불안과 불편함을 겪는 동시에 그의 이면으로 따라와 자리하고 있는 포스트 코로나19의 긍정적인 면인 긍정의 역동에 대해 생각하련다.

포스트 코로나19로 인해서 첫째로 자연환경의 변화를 가져와 파괴된 오존층이 복원되고 있다. 둘째로 교육환경이 변화되면서 교육 과잉 열풍이 사라지고 있다. 셋째로 소비생활을 변화시켜 최소한의 삶을 살아가는 관계로 과잉 소비가 사라지고 있다. 넷째로 내면의 성찰을 통해 스트레스 적용점을 찾아가고 있다. 다섯째로 인식의 변화를 가져와 편익 추구적 삶에서 벗어나고 있다. 여섯째로 존재적 가치를 회복하면서 탐욕이 줄어들고 있다.

천연두 바이러스에 한 번 이겨 본 이후로 인류는 바이러스 침범에 속수무책에 가까웠다. 바이러스와 밀고 당기던 숨 막히는 싸움에서 번번이 백기를 들었다. 이런 아픈 경험을 했던 인류는 코로나19와 맞서면서 자연과 사람 앞에서 겸손하고 겸허해졌다. 그렇게 낮은 자세로 임함으로써 공공의 권위와 전문적 권위를 신뢰할 수 있게 되었다. 이 같은 코로나19의 긍정적 역동을 바탕으로 인간과 인간 사이에서 실현될 기계 알고리즘 궁극의 시대를 계획하고 준비해야 한다.

문명의 발전을 거듭해오던 인류의 삶에 절대적 가치가 점차 사라지면서 다양성이 존중되고 다중적인 흐름이 우선시되고 있다. 이런 사조思潮로 인해 인류의 삶이 뚜렷한 기승전결이 없는 그런 삶 같기도 하다. 그러고 보니 보통의 삶은 기승전결이 뚜렷한 드라마 속의 삶보다 에세이에 가까운 삶이 아닐까 하는 생각이 들기도 한다.

물론 삶에 '보통'이라는 말이 더해지면 '특별'하다는 의미가 되어 불편함을 줄 수 있을지도 모른다고 하지만 우리들의 삶에 금수저 혹은 흙수저 같은 보통의 삶이 아닌 특별할 것 같은 삶을 나타내는 언어들이 일상의 언어로 자리매김하며 스며드는 것도 요즈음의 세태다. 그러나 포스트 코로나19로 인해 21세기의 흐름을 다시 정립하고 있다.

인류가 겸허해지면서 포스트 코로나19를 관통하고 있는 거대한 지구의 흐름은 모든 것을 다시 새롭게 정립하고 있다. 그런 가운데 그동안 방심해 오던 삶의 의미에 대해서 기승전결을 다시 생각하게 한다. 그리고 스스로 기계 알고리즘을 만들어 현실에서 인간과 인간 사이에 주고받을 수 있는 친밀감의 문제에 대해 고심해야 할 때가 아닐까.

4. 8 일상에서의 생태적 삶

자연환경 보전의 삶을 실천하는 생태적 삶이 일상이 되어야 한다

자연환경을 보호 또는 복원하고 생물 다양성을 높이기 위해 채택된 방안이다. 자연의 훼손 방지와 자연환경 보전대책을 수립하여 시행하기 위해 학계와 정치계를 위시해서 문화계 등이 뜻을 수렴해 다양한 전략과 정책을 수립하여 추진하고 있다. 이러한 추진 활동이 실효성을 발휘하기 위해서는 사회 전반의 유기적 관계가 중요하다. 이 정책의 지속 가능성과 발전 및 확산을 꾀하며 미래를 위한 새로운 비전을 위해서 세계가 지금 여타 사회 운동들과 연합을 구축해 나가는 방안을 고려하고 있다. 이를 위하여 자연환경과 산업의 연합을 통해 기업과 정부를 포함해 민간과 학계 그리고 문화와 교육계 등으로 확대되어야 한다.

무엇보다도 개인의 일상에서 자연환경 보전을 실천하

는 생태적 삶이 일반화되어야 한다. 그러기 위해서 인간은 이제 자연의 유기체적 네트워크를 고려하여 삶을 살아야 한다. 이는 완고한 삶이나 유연성의 부족이 아니라 현재 상황에서 지구 전체의 생태계에 대해 생각할 수 있는 가장 좋은 방법을 선택하는 삶이다. 아울러 지구 전체를 생각하는 삶은 물론이고 심지어 수천 년 뒤인 미래 세대의 삶을 생각하며 살아야 한다.

우리는 성장 발전보다 인간의 행복이 우선되는 사회이다. 고도성장과 편의주의가 반드시 행복을 채워주는 것은 아니다. 그리고 인간의 행복을 반영하지 않는 성장 발전은 풍요로운 삶을 약속할 수 없다. 이런 이유로 인류의 성장 발전이 자연환경 훼손과 엮인 고리를 끊는 새로운 접근법을 모색해야 한다. 왜냐면 자연이 살아야 우리가 살기 때문이다.

4. 9 자연보호, 인간의 생존력

자연환경 보존은
인간의 생존력에 영향을 끼친다

국가 경제 발전으로 경제 성장은 이뤄냈다. 하지만 과잉 개발, 서식지 파괴, 오염 및 기후변화로 인해 약 13,000종의 식물과 동물이 멸종 위기에 처해 있다. 이런 가운데 생명체는 수명주기life cycle를 바탕으로 상호 의존하며 자원을 공유하고 있다. 그러므로 서식지가 현재와 같이 파괴된다면 많은 종이 서로에게 손상을 입힘으로써 종의 멸종을 맞게 된다.

그렇다면 인류는 어떻게 되는 걸까? 동물과 식물은 인간의 기억 속에만 존재하리라. 게다가 에너지나 식량을 포함해 물 따위가 역사상 가장 심각할 정도로 부족한 상황에 직면하게 될 게다. 이로 인해 인류가 생존을 위한 투쟁의 대열에 설 때가 다가올 것으로 예측된다.

그렇다면 자연 손상은 어떤 현상을 초래할까? 자연은 퇴화하여 소생한다. 그런데 당연히 퇴보는 자연 재생보다 빠르고 쉽다. 게다가 자연 재생을 위해 더 많은 질과 양으로 자원을 소비할 수밖에 없다. 그 때문에 자연을 보호하지 않으며 인류의 종말도 예견된다. 이와 같은 문제를 해결하기 위해 일련의 사태를 뒤집어 봐야 하고 미래 지향적인 패러다임을 모색해서 자연환경을 보전해야 한다.

이에 대한 실제 상황을 살펴보기로 한다. 자연환경의 손상과 파괴가 전 세계적으로 심각한 수준이다. 이는 인간의 건강과 바로 직결되기에 심각한 논의 거리가 되고 있으며 심각한 사례를 통해 자연보호의 중요성과 목적을 되새기련다.

미국 플로리다 해안의 독수리 새끼 수는 1952년에 급격히 감소했으며 아울러 독수리들은 교배에 무관심해졌다. 그들은 어떤 구애의 몸짓도 없이 몸을 풀고 있었으며 1950년대 후반에는 개체 수가 거의 80% 감소했다.

한편 1950년대 말까지 영국은 전통적으로 수달을 사

냥해 왔다. 그런가 하면 원체 개체 수가 많아 아이들도 수달이 사는 곳을 알 수 있을 정도였다. 그러나 1950년 대 후반부터 수달이 자취를 감춰 찾아보기 어려워졌다.

또한, 1950년대 미국의 경제가 호황을 누리는 동안 밍크 사육사들은 호경기를 누렸다. 하지만 1960년대 초 밍크 산업은 불황을 겪기 시작했다. 그 이유는 밍크 암 컷이 새끼를 낳지 못했기 때문이었다. 이어 1960년대 후반에는 많은 암컷 밍크가 새끼를 갖지 못하게 되었고 나머지도 곧 새끼를 잃게 되었다.

1970년에 온타리오Ontario 북부 제도에서 갈매기 서식 지의 놀라운 풍경에 많은 사람이 감탄을 자아냈었다. 1970년대에 갈매기들은 부화하지 않는 알을 낳기 시작 했을 뿐 아니라 버려진 알들이 여기저기 굴러다니는 지 경에 이르렀다. 그런 때문에 알들은 부화하기 전에 80%는 이미 죽은 상태였다. 그런가 하면 부화하더라도 자연 오염으로 발이 오그라들거나 부리가 뒤틀리거나 눈 이 보이지 않는 증상이 나타난 채 죽어갔다.

악어도 피할 수 없는 같은 상황에 직면했었다. 폴로리 다Florida 최대의 호수 중 하나인 이폽카Apopka 호수 주변에 습지가 있어 악어 천국이었다. 하지만 1980년대에 악어 의 90%가 부화했으나 부화율은 18%에 불과했으며, 그 중에 절반은 죽고 말았다.

바다표범의 경우는 1988년 봄에 스웨덴과 덴마크 사 이의 작은 해협 안홀트 섬Anholt Island에서 가장 큰 대규모 몰살 사건이 일어났다. 1990년대 초 지중해 스페인 발 렌시아Valencia 바닷가에 줄무늬 돌고래의 사체가 밀려왔다. 처음엔 7월에 동쪽에서 밀려왔었다. 그런데 이어서 8월에는 북쪽 카탈로니아_{Catalunya}와 마요르카_{Mallorca} 해안으로 밀려와 결국 프랑스와 이탈리아 해안까지 퍼져나갔다. 이로 인해 이듬해인 1991년 여름에는 치명적인 질병이 남이탈리아에서 발생하여 공식적인 통계로 사체가 1,100마리나 되었다. 이러한 자연 생태계의 재앙은 인간을 예외로 두진 않았다.

4. 10 인간이 자연보호 백신

우리의 자연을 회복시킬 수 있다

훼손된 자연환경이라도 탄력성resilience을 갖게 되면 자연과 자연, 자연과 인간의 상호 유기적 관계에서 회복될 수 있다. 이러한 회복성으로 지구촌 공해 마을이 새롭게 되살아나고 있다. 자연환경 보전을 위해 행해지는 인간의 인위적 행동에 자연 자체의 유기적 내재 가치를 인정하는 '지속 가능한sustainable' 설계가 실효성을 거두고 있다.

도시의 지역은 '지속 가능성과 생태적 설계' 원칙에 따른 지역사회와 생태계가 조화를 이뤄내고 있다. 한편 자연 파괴에서 생태 개발로 변화되고 있으며 도시 계획을 통해 환경 자본을 꿈꾸는 곳도 있다. 이러한 대전환은 시민들의 참여가 있었기에 가능하다.

그 예로 일본 동경의 이타바시板橋: いたばし 구는 '에코 폴리스 이타바시ェコポリス いたばし'의 구호를 내걸고 행해진 일들 가운데 가장 대표적인 시민들의 보호 활동으로 흙의 연못 살리기가 있다. 또한, 브라질 쿠리치바Curitiba 시는 녹색 개혁의 선구자이다. 쿠리치바 시는 더는 "쓰레기가 아닙니다"라는 포스터를 걸고 재활용 의식을 심어주었고 시민들의 참여로 '녹색교환'이 이루어졌다.

이는 쓰레기가 음식과 돈이라는 인식으로 시작된 캠페인이었다. 보통 빈 공터에 약 40명이 모여서 트럭 수거업자에게 수거된 쓰레기를 넘겨 준 후 쓰레기의 무게와 종류에 따라 다른 티켓을 받아 과일이나 즉석에서 간단한 곡물을 사는 제도이다. 현재 도시 폐기물의 약 40%가 완전히 수거되며 그 중 약 50%가 녹색 교환을 통해 수거된다.

독일에서는 어린이의 참여로 큰 성과를 얻은 자연보호가 있다. 어린이가 참여하는 공원과 교정 만들기를 추진했다. 어린이들의 참여 결과 어린이들에게 최적화된 환경과 시설로 공터와 교정을 만들게 되었다. 이를 바탕으로 시민 단체도 환경도시 만들기에 참여했다.

미래 세대를 위한 현세대의 선택이다

쓰레기가 넘쳐나는 세상이다. 지금 이대로의 자연환경 보존에는 한계가 있다. 미래 세대의 몫을 현세대가 남용하는 어리석음을 더는 범할 수 없는 노릇이다. 이런 맥락에서 사회 경제 시스템을 새로이 바꿔야 한다.

지금의 '대량 생산 ⇨ 대량 소비 ⇨ 대량 폐기'의 사회 경제 메커니즘으로는 자연환경 보전에 분명 한계가 있다. 아울러 매립되거나 단순 소각으로 처리되는 폐기물 중에 회수가 가능한 에너지 물질이 56%가 포함되어 있다는 점에 주목해야 한다. 그리고 이제부터라도 대량 폐기물 발생은 적극적으로 억제되어야 한다. 한편 발생된 폐기물과 순환 가능한 자원을 변환하는 '자원순환사회'로의 전환을 빠르게 모색해야 한다.

자연과 인간의 공존을 중심으로 한 자원재활용사회가 자연환경 보전의 대안이다. 자연환경 보전의 하나로 자원재활용사회의 구축이 필요하다. 이는 경제 성장 우선론자와 자연환경 보전 운동가 간에 시각 차이에서 볼 수 있듯이 인간과 자연 사이의 갈등은 공존 측면에서 해결되어야 한다. 자연환경 보전 위기의 원인을 먼저 사회 전반적인 면을 고려한 구조적 조건에서부터 찾아봐야 한다. 왜냐하면, 본질적이거나 중요하지 아니하고 부차적이고 지엽적 활동으로는 공존하며 동시에 근본적인 것의 변화를 시도하기가 쉽지 않기 때문이다.

그렇다면 인간과 자연 사이의 갈등을 해결하는 동시에 일상 삶에서 유기체적 가치를 추구하며 자연환경을 보전할 활동으로는 무엇이 있을까? 미래 세대의 자산이 되는 자연을 물려 줄 수 있는 그리고 그것을 가능케 할 수 있는 것은 재활용 사회를 이뤄내는 것이라고 생각된다. 그 이유는 자원재활용사회에서는 자원의 연결성, 회수성, 회복성을 고려한 순환이 이뤄진다. 그러므로 미래적 자산으로서의 자연환경 보전이 될 수 있기 때문이다.

자연 생태계의 모든 물질은 순환하기 때문에 개체 물질은 소생과 소멸이 있고 어딘가에서 와서 어딘가로 가는 게 순리이다. 이것이 지구 시스템에서 자원이 추출되고 폐기물이 축적되는 원리다.

그런데 산업기술사회에서는 소생과 소멸에 큰 문제를 안고 있다. 이는 소생과 소멸의 불균형 문제이다. 특히 석유 화학 제품을 분해하기 쉽지 않으며 오랫동안 환경에 나쁜 영향을 미친다. 그러므로 자연자원을 지속 가능하게 이용하려면 지속 가능한 개발이 따라야 한다. 그런데 여기에는 자원의 순환방식에 대한 고려를 숙고해야 한다.

자원을 한 번 사용하고 버리는 대신 환경이나 경제 및 사회 측면에서 바람직한 사용주기를 확보해야 한다. 이러한 바람직한 사용주기가 일상이 되는 사회를 자원재활용사회 또는 자원순환사회라 한다.

자원순환이라는 의미는 자원을 재활용하는 사회를 말한다. 이는 폐기물 발생을 최소화하고 재사용reuse 또는 재활용recycle하며 처리하여 환경에 미치는 영향을 최소화하는 자원재활용사회를 의미한다. 기존 사회는 생성된 폐기물 처리에 중점을 두는 반면 자원재활용사회는 폐기물 자체를 줄이는 데 중점을 둔다.

자원 재활용에서 필수적으로 요구되는 사항의 요약이다. 먼저 자원재활용사회는 지속 가능한 발전을 위한 국제적 패러다임 변화에 적응하는 것이다. 또한, 경제 개발과 생산 활동의 확대로 소모되는 자원의 양, 소득 증가 및 소비 증가로 인해 지속적으로 증가 되는 폐기물, 날이

갈수록 높아지는 원자재 수입 의존도 등에 대안이 되기도 한다. 이처럼 자원 재활용을 통한 자원순환은 환경을 보전하고, 매립지 확보 문제에 해결 방안을 제공하기도 한다.

앞에서 살펴본 바와 같이 자원재활용사회는 미래 세대를 위해 즉 인류의 존립을 위해 자연환경을 보전해야만 하는 시점에서 요청되는 유기체적 가치를 인정하는 자연환경 보전 활동이다.

자원재활용사회는 자연환경 보전과 경제 성장 발전을 함께 추구해 나갈 수 있는 '지속 가능한 발전'을 이끌 수 있기 때문에 가능한 개발을 위한 국제 패러다임 변화에 적응하는 것이다. 또한, 자연환경 보전에 적용할 수 있다는 점에서 자연과 인간을 갈등에서 벗어나 공존 관계를 이뤄낼 수 있다. 다시 말하면 자연환경을 미래에도 유지할 수 있어야 한다. 그러기 위해서는 인간과 자연의 공존, 경제 개발과 자연환경 보전의 균형과 조화, 현재 사용 가치와 미래 유산으로서의 균등 가치 모두를 만족시키며 추구할 수 있는 패러다임이다.

이것이 미래 세대를 위한 자연환경의 유기체적 내적 가치 추구이며 자생력과 자정력을 활용하는 것이다. 그러므로 자원순환에서 얻어지는 연결성, 회수성, 회복성이 자연환경 보전의 자율성, 유능성, 관계성과 개연성을 가져 효과성을 얻어 내는 것이다. 이러한 순환성이 바로 지속 가능한 자연환경 보전을 위한 계획 추진이고 미래 자연환경 보전 패러다임이다.

4. 11 콩은 콩, 팥은 팥

콩 심은 데 콩 나고, 팥 심은 데 팥 난다

　자연환경 보전에서 유기체적 가치화 과정이란 자연환경에는 자생력과 보정력補正力이 있다. 여기서 자생력을 가진 유기체가 그 자생력의 가치를 보유하여 그 가치를 그대로 나타내는 것이다. 예를 들어 민들레가 바람에 날려 날아가 어딘가에서 민들레로 피었다면 그 민들레는 씨가 되어 날아가기 이전의 민들레 씨앗 자체다.

　"콩 심은 데 콩이 나고, 팥 심은 데 팥이 난다"라는 속담에서 볼 수 있듯이 우리가 흔히 상식적으로 제시할 수 있는 답변들에 대해 근본을 더 캐묻는 메타적 질문을 통해서 할 수 있다. 팥을 보자. 팥에는 팥이 되는 유전자가 함유되어 있어 땅에 떨어져 적절한 영양분이 공급되면 싹이 나고 자란다. 그런 과정을 거쳐 다시 익어 열매인 팥이 되듯이 팥이 자라도록 애를 태우지 않아도 팥에서 팥이 자란다.

　식물이나 동물이 성장 조건이 최적화될 때 외부적인 의식이나 인위적인 노력 없이도 원래의 유전형질 그대로 성장하는 것을 보정능력이라 한다. 즉, 자연환경은 보정능력을 자체적으로 가지고 있다. 따라서 식물이나 동물은 자라나는 성장 잠재력을 내재하고 있다. 이러한 성장 잠재력은 자연환경 보전이 당면한 현실의 위기에도 대처할 수 있는 자정 능력이 있다.

　이 자정 기능에 대한 확신은 대기오염이 당면한 문제

해결을 위한 첨단의 방안을 제공하기도 한다. 진전되는 연구를 보면, 환경오염 방안이 되는 개발에 새로운 패러다임을 제공하고 있다. 그래서 자정 능력에 대한 재고는 비단 자연 생태계뿐만 아니라 대기오염을 줄이고 삶의 질을 향상시키기 위해 자정 기능이 있는 대기 정화기능을 위한 환경 기여형 구조물도 개발하는 시점에 이르렀다.

다시 자연환경 생태계로 돌아가자. 식물이나 동물이 성장 조건에 최적화되면 외부 의식이나 인위적인 노력 없이 원래의 유전자형으로 자라는 것처럼 자연환경에는 지체 보정 기능이 있다. 그런 때문에 식물과 동물 모두 성장 가능성이 있다. 이 성장 잠재력은 자연환경에서 성장 가능성이 작은데도 스스로 개선될 수 있다. 이렇게 자연환경에는 자체 보정 기능이 있다. 이 때문에 '콩이 콩'이 되고 '팥이 팥'이 되는 것처럼 자연환경이 되도록 하는 작용 원리 체제가 자연환경의 유기체적 가치화 과정이다.

앞에서 언급한 자연환경 보전의 명제에 대한 답을 다음과 같이 접근해 고찰한다. 생태계 먹이사슬이 유기체를 고려할 때, 종과 종 사이에는 여러 사슬로 연결되어 있다. 그래서 사슴은 떡갈나무 외에도 백여 종의 식물을 먹으며, 젖소는 옥수수 외에 백여 종의 식물을 먹는 것과 같이 그들은 모두 백 개의 사슬로 연결되어 있다.

생태 피라미드ecological pyramid는 매우 복잡한 사슬이므로 무질서하게 보인다. 하지만 시스템이 안정적이라는 사실은 그것이 매우 유기체적인 구조라는 점에서 찾을 수 있다. 한편 시스템이 잘 유지 관리가 되는지 여부는 시스템을 구성하는 다양한 부분의 협력과 경쟁에 달려 있다.

이것은 자연의 연결성, 회수성, 회복성 및 복원력에 달려 있는 것이라 할 수 있다.

태양은 자연환경에 생명 에너지를 공급하고 식물은 그 에너지를 통해 유기물을 만들어 낸다. 그런 식물이나 약육강식을 하는 동물들은 언젠가 죽음을 맞이하게 마련이다. 그렇게 죽은 생명체는 곰팡이와 박테리아의 먹이가 된다. 한편 곰팡이와 박테리아에 의해 완전 분해를 한 후에 물과 공기 그리고 흙이 되어 자연으로 돌아간다.

이러한 세계를 생태계라 한다. 이 생태계가 상호작용하며 순환하는 원리가 자연환경이 보전되는 본래적 원리이다. 한편 생태계의 동물과 식물을 비롯해 무생물은 평정 상태가 유지 될 때 인류에게 지구는 건강하고 안전한 생활 터전이 된다. 자연환경도 항상성을 유지하려 드는데 이것이 자연환경이 근원적으로 보전되는 원리이다.

4. 12 삶의 방식에 답이 있다

새의 크기가 줄어들고 있다

기후가 따뜻해짐에 따라 새의 크기가 줄어들고 날개 너비가 늘어난다. 기후변화에 대처하는 방법으로 새들은 이주에 필요한 에너지를 줄이고 있다.

조류도 기후변화 대책을 시행하고 있다. 기후변화가

인류를 위협하는 이유는 무엇일까? 지구 온난화는 생태계의 변화를 가져와 필수 천연자원에 큰 영향을 미치며 인도주의적 위기, 국제 정치 불안, 기아 빈곤 및 갈등을 초래한다. 이처럼 기후변화는 인간의 생존에 직접적인 위협의 요인이다. 이러한 위협은 인류 삶 전체에 영향을 미치며 안보뿐만 아니라 국제 정세에도 불안을 유발하여 예기치 않은 충돌 가능성을 높이고 있다.

우리나라도 심각하다. 극심한 고온의 일수가 증가하고 극한의 저온의 일수가 감소하고 있다. "기후변화 백서(2018)"의 기후변화 대응 동향을 살펴보면 우리나라는 2018년 사계절 모두 이상 기후를 보였다. 겨울에는 1월 말부터 2월 중순까지 냉기 유입으로 한파가 발생하고 가뭄이 발생하여 속초와 울산 같은 도시에서 물 부족을 겪었다. 3월인 봄에는 따뜻하고 습한 공기의 유입으로 기온이 높았고 비가 자주 내렸다.

한편 여름인 6월부터 7월까지의 우기는 관측 이후 두 번째로 짧았다. 그리고 7월부터는 햇볕과 열대야tropical night가 심했다. 기후변화는 비단 온도의 문제만이 아니다. 위기는 자연환경에 변화를 가져오기 때문이다. 생태계 변화는 가장 위험하며 곧 인간에게 필요한 식량이나 물을 위시해서 날씨 문제로 이어질 수 있다.

기후변화는 자연 생태계에 크게 영향을 미친다. 자연 생태계 위기는 곧 인류 문명의 위기가 된다. 그런데 자연 생태계의 위기 원인은 인간에게 있다. 특히 인간의 편한 삶의 방식에 의해 초래되었다. 그러므로 위기 극복의 방안도 인간에게 있다.

삶의 방식에 답이 있다

기후변화climate change는 자연 생태계에 큰 영향을 미친다. 자연 생태계 위기는 곧 인류 문명의 위기가 된다. 그러나 자연 생태계 위기의 원인은 인간에게 있다. 특히 편안한 삶의 방식으로 인해 초래된 화禍이다. 따라서 위기를 극복할 방법도 인간 삶의 방식에 있다.

인류의 대변혁은 산업사회가 되면서부터다. 그러나 천연자원을 사용하지 않고는 산업화를 이룰 수 없다. 산업화가 진행됨에 따라 자연환경 재해는 더욱 심각해졌다. 왜냐하면, 산업, 쓰레기와 폐수, 배기가스, 소음, 산업시설 및 도로, 철도 개발, 토지 개조, 화학 물질 사용은 모두 자연환경에 심각한 피해를 주는 요인이기 때문이다.

아마존 지역의 이상 기후와 생태계 변화, 오존층의 이상 현상 등 다양한 경고 신호를 유추해 보면 인간 존재에 대한 위협이 예상된다. 자연을 보호는 우리가 마땅히 해야 할 인간 생존의 문제다.

지구 온난화를 방지하기 위해 이산화탄소량을 줄이고, 이를 줄이기 위해 폐기물을 줄이고, 폐기물을 줄이기 위해 순환해야 한다. 이것은 자연환경에서 확장된 탄력성의 개념이다. 생태계의 유지와 자연환경 보전을 위한 환경오염 방지를 위한 연결성, 회수성, 회복성 및 개연성이 유지되어야 한다.

이러할 때 미래 세대의 자산인 자연환경을 물려줄 수 있고 자원순환 방식으로 천연자원을 지속적으로 사용할 수 있다. 따라서 자원을 한 번 사용하고 버리는 대신 환경, 경제, 사회 측면에서 바람직한 순환을 확보하는 방안이 필요하다. 폐기물 발생을 최소화하고 폐기물을 재사용하거나 재활용하는 데 초점을 맞춘 자원재활용사회를 만들어야 한다.

폐기물 감소를 목표로 하는 자원 순환형 사회를 만드는 것이다. 자원순환 의식은 개인주의와 포스트모던 시대에 새로운 스타일의 감성이나 사고이어야 하며 행동이 되어야 하고 자원순환은 세계 일류 시민 의식이자 시대정신이어야 한다.

솔처럼 청청한 금화의 삶

신경용 수상집

초 판 인 쇄 ｜ 2022년 6월 5일

발 행 일 자 ｜ 2022년 6월 7일

지 은 이 ｜ 신경용

펴 낸 이 ｜ 김연주

펴 낸 곳 ｜ 도서출판 성연

등 록 ｜ (등록 제2021-000008호)경남 창원

홈 페 이 지 ｜ https://cafe.daum.net/seongyeon2021

인 쇄 ｜ (주)상지사 (파주공단: 재두루미길 160)

디 자 인 ｜ 배선영

편 집 인 ｜ 성화룡

메 일 ｜ baekim2003@daum.net

전 자 팩 스 ｜ 0504-208-0573

연 락 처 ｜ 010-3325-5758

정 가 ｜ 12,000원

ISBN 979-11-973709-6-0

이 도서의 출판예정도서목록(CIP)은
국립중앙도서관 서지정보유통지원시스템 홈페이지(http://seoji.nl.go.kr/)와
국가자료목록시스템(http://www.nl.go.kr/kolisnet)에서 이용할 수 있습니다.